JN075879

金四郎の妻ですが2

神楽坂 淳

祥伝社文庫

目次

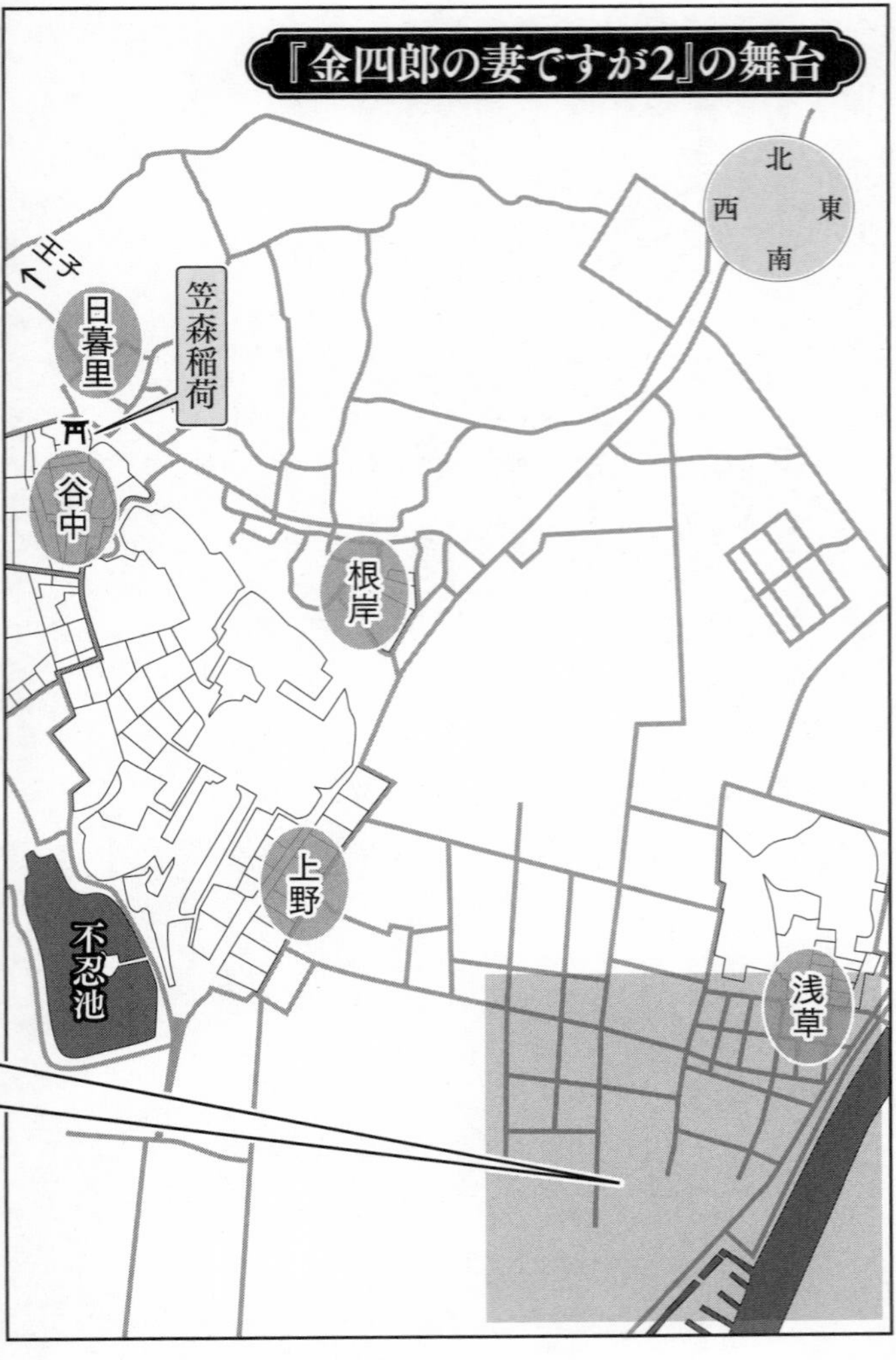

『金四郎の妻ですが2』の舞台
北
西
東
南
王子
日暮里
笠森稲荷
谷中
根岸
上野
不忍池
浅草

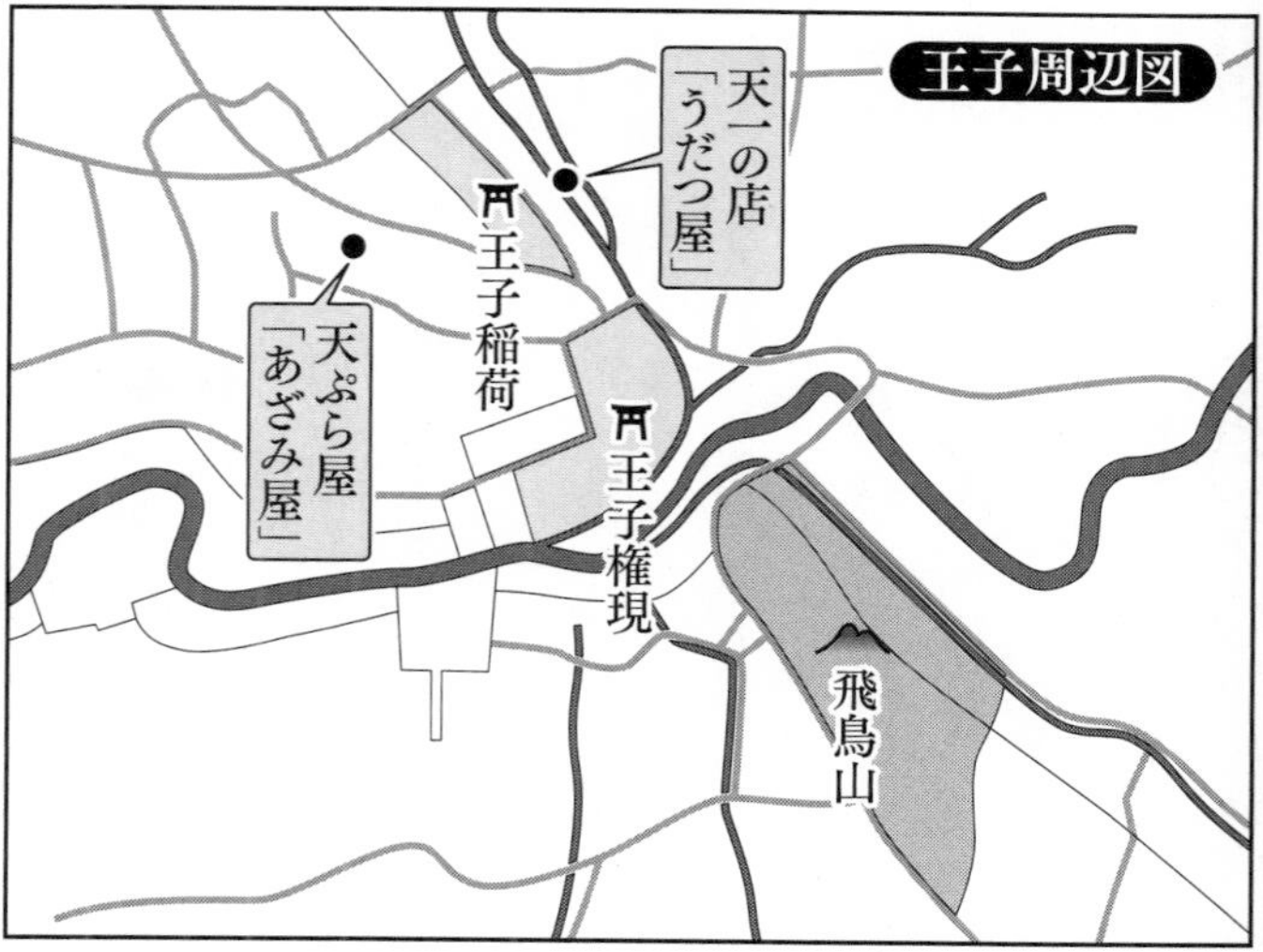
王子周辺図
天一の店「うだつ屋」
王子稲荷
天ぷら屋「あざみ屋」
王子権現
飛鳥山

寺町
田原町
陸尺屋敷
駒形町
諏訪神社
大川
吾妻橋
興屋橋
阿部川町
福富町
諏訪町
船宿「舟八」
屋台の天ぷら屋
黒船町
浅草御蔵

地図作成／三潮社

序

菊の節句が近づいてくるころになると、もう風も大分冷たくなる。けいが父親の堀田一定《ほったかずさだ》から言われて、遠山金四郎《とおやまきんしろう》のところに「押しかけ女房」としてやってきたのはまだ夏の盛《さか》りだったたから、もうけっこうな日時がたったことになる。

そのかいもあって、最近は女房っぷりが板についてきた、という自負はあった。

朝になると、まず洗濯だ。といっても、着物を洗うのはけいにはまだまだ難しい。近所の長屋のおかみさんたちが取りに来てくれるので、洗い物を渡すのである。

今日は、長屋の竹《たけ》というおかみさんが洗濯物を取りに来てくれた。肩に米俵《こめだわら》を担《かつ》いでいて、けいの前で地面に置いた。

「おはよう。おけいちゃん」

「おはようございます、お竹さん。それはお米ですか？」

「そうだよ。今日はうちが当番なんだ。長屋っていうのはね、米でも醤油《しょうゆ》でもまとめて買って分けるからね。そのほうが多少は安いんだ」

長屋暮らしの知恵というものらしい。

「ついでに洗濯物も持っていくさ」

「よろしくお願いします」

けいが頭を下げると、竹がからからと笑った。

「お世話になってるのはこっちさ。洗い物の駄賃は生活の助けになるからね」

「わたくしが洗濯をできるようになるといいのですが、なかなか難しくて」

けいが言うと、竹は大きく首を横に振った。

「だめだめ。うちの生活が苦しくなっちゃうじゃないか」

「でも、紙すきの職人さんはいい賃金なんでしょう？」

けいの住んでいる諏訪町《すわちょう》の近くには、紙漉《かみすき》横丁と呼ばれる町がある。すぐ近所に職人たちの住む長屋があって、そこに竹たちおかみさん連中も住んでいる。

職人の給金は一日三百文程度だ。月に四千文もあれば子供ひとり抱えても充分生活できるから、目くじらをたてることはないような気もした。

「なんだかんだでね。酒も飲めば博打《ばくち》もやっちゃうからね、亭主ってのは。あんたのところの金さんだって、博打に負けちゃ、あんたの稼ぎに手をつけてるじゃないか」

「あれは、わたくしのほうがお渡しししているのです」

金四郎は博打でよく負けて帰ってくる。倍にして返すと言うのでけいの給金から渡しているのだが、そうそう倍にならないようだ。

といっても金四郎としては黙って踏み倒す気はないらしく、毎回証文を書いては置いていくから、いまではなかなかの額になっている。

「わたくしから、なんて。できた人だね、おけいちゃんは。金さんはたしかにいい男だけどさ。遊び人だからねえ」

竹が悪意なく笑う。

「まあ、ああいう人がそのうち岡《おか》っ引《ぴ》きになるんだよ。貢《みつ》ぐ女がいるのが岡っ引きだからね」

たしかに、金四郎は岡っ引きになっても成功はしそうだ。けいとしては武士に戻ってもらってもっと大きな仕事をして欲しいが、いまはそれは望みすぎだろう。

「みなさん、博打はやめられないのでしょうか」

「無理無理。あれは男の本能みたいなもんだね。打たないやつは打たないけどさ。打つやつから博打っ気《け》を抜くのは無理だね」

「せめて勝てばいいんですけどね」

けいが言うと、竹がさらに笑う。

「あれは勝てないようにできてるからね」

言うと、ひょいと洗濯物を抱えた。

「おけいちゃんはさ。いまのままでもいい女だから、洗濯なんて考えなくてもいいよ。そもそも体のつくりが違うんだしね」

「そんなことはないと思います」

けいは思わず頰《ほお》をふくらませた。いくらなんでも、体のつくりが違うは言い過ぎではないかと思う。

「いやいや、違うって」

竹は目の前の米俵を指さした。

「持ってごらんな」

竹に言われるままに米俵に手をかけたが、びくともしない。そもそもこれは一人で抱えるようなものではないと思われた。

「まるで動きませんよ」

「そうだろう？」

そう言うと、竹は米俵をひょいと片手で持って肩に担いだ。なにか仕掛けがあるとしか思えない手軽さだ。

「これは女でも持てる重さってんで作られてるんだよ」

「とても信じられません」

「おけいちゃんは箸《はし》よりも重いものは持たなくていいんだよ。そのかわり綺麗《きれい》な字だって書けるだろう？　みんな助かってるよ」

「手紙の代筆ならいつでもどうぞ」

「みんな字は書けるけどさ。おけいちゃんのは書だからね。品があって助かるわ。ま、洗濯はあたしたちに任せておきなよ」

言いながら、洗濯物を持ってけいに背中を向ける。

「たまには銭湯なんかでも会いたいね」

「そうですね。機会があれば」

答えたが、人前で肌をさらすのは抵抗がある。町に溶け込むには必須らしいが、それにはまだ修業が必要だった。

それにしても博打打ちの病《やまい》は抜けないのか、とため息をつく。

金四郎からの証文はまだ溜《た》まりそうだった。


かりっ。

かりん糖を口の中で噛《か》み割ると、金四郎は声を張り上げた。

「丁《ちょう》だ！」

丁だ！　丁だ！　という声があたりに響き渡った。丁半博打《ちょうはんばくち》は威勢のいい掛け声も売りだから、賭けている連中は声にも傾注する。

「四六《しろく》の丁！」

「よっしゃあああ！」

金四郎の後ろで増吉《ますきち》が歓声をあげた。増吉は金四郎の近所に住んでいる紙すき職人で、博打には目がない。

「これで五回連続だ。神がかってるよ、金さん」

たしかに、金四郎の目の前には十両分に近い札が溜まっていた。

おけいに簪《かんざし》のひとつも買って帰ろうか、と思う。

「酒あるよ酒あるよ酒あるよ」

賭場《とば》の若い衆が酒を持ってあちこちを回る。とにかく勝ってるやつに飲ませて負けさせようとする腹だ。

「梅あるよ梅あるよ梅あるよ」

最近流行《はや》りの梅肉も売りに来る。文政《ぶんせい》（一八一八〜一八三一年）に入って、梅肉を叩《たた》いて乾かしたものが体にいいと眼医者が言いだしたせいらしい。

梅肉を叩いて砂糖を混ぜたものを、焼酎《しょうちゅう》や酒に混ぜるのが流行っていた。こうすると飲みやすい。賭場はとにかく量を飲ませたいから、みりんをはじめ、酒を甘くして飲ませることに余念がない。

金四郎はよく知っているから、水か麦湯しか口にしなかった。

「金さん、梅と日本酒ってのをやってみようよ」

増吉が誘う。

「勝手にやれよ」

「金さんに乗っかりたいんだよ」

金四郎は舌打ちしたが、これだけ勝ってるんだから一杯くらいは平気だろう、と思い直した。

「じゃあ一杯だけな」

それから若い衆に叫んだ。

「酒と梅を持ってこい！」

「さすが金さんだ」

「気にするねえ。今日はついてるからな」

金四郎が答える。実際、今日はついている。どう賭けても勝てそうな気がした。

「お。ついてるねえ、兄さん」

一人の男が近寄ってきた。

「おうよ」

金四郎は、男にも酒を勧めた。

「俺は王子《おうじ》から来た天一《てんいち》ってもんだ。天ぷらなら誰にも負けねえ料理人さ」

「天ぷらか。あれは安くて美味《うま》いな」

「うちのは安くねえよ。そもそも屋台じゃねえしな」

「へえ」

金四郎は興味を持った。天ぷらは屋台しかない。店舗を見たことはなかった。

「そいつは面白《おもしれ》えな。目が丁と出れば繁盛《はんじょう》しそうだ」

「そう、それだ。そこでついてる兄さんに乗って欲しいんだよ。あんた、金さんだろう？」

「お。俺を知ってるのかい」

「最近あんたは有名じゃねえか。頼れる兄貴といえば、まずは金さんだって王子にまで聞こえてきてるぜ」

「王子までってのはすげえな」

金四郎は感心した。王子から来た男が名前を知っている以上、嘘《うそ》ではないだろう。金四郎は喧嘩《けんか》の仲裁やらなにやらであちこち飛び回っているから、最近噂《うわさ》になっているのは知っていた。

しかしそれも浅草界隈《あさくさかいわい》のことで、江戸の外にまで名前が聞こえているとは思わなかった。

「おまけにすげえ別嬪《べっぴん》の女房がいるらしいじゃねえか。羨《うらや》ましいぜ」

「女房なんかいねえよ」

答えたが、天一がけいいのことを言っているのは間違いない。嫁見習いといっても、けいを褒《ほ》められて悪い気はしなかった。

「まあ、いい女と縁があるのは本当だがな」

「さすが兄貴だ。ところでさ、いい話があるんだよ」

「なんでえ？」

「俺と店をやらねえか？」

「天ぷらのか？」

「絶対損はさせねえ。王子ってなあ料理の町だからよ。新しい料理には飛びつくってのは知ってるだろう」

たしかに王子は料理屋の町である。王子稲荷《いなり》を中心に、神社や門前町が多くあり、料理茶屋が数多く軒を連ねている。

隠れ家的な料理屋も多いし、江戸よりも規律も緩《ゆる》かった。江戸町奉行の支配下にないおかげで、自由な雰囲気がある。

「しかし、天ぷらは屋台以外は出せねえんじゃないか？　火事が危ないだろう」

「それは江戸の中の話さ。王子なら大丈夫だよ」

「しかし、一緒にたって、俺は料理なんてできねえぜ」

「簡単さ。請人《うけにん》になってくれればいいんだよ。毎月のあがりから少し分け前を出すからさ」

「請人か」

　金四郎は考えた。請人というのは、借金の保証をする人間である。もし借金が焦《こ》げついたら同じだけの責任を背負う。

　たとえ親兄弟でも簡単には受けられない。

「いくらなんでも初対面で請人はねえだろう」

「お、金さんらしくねえな。こいつは博打みたいなもんでさ。勝てば月に二分は固いんだぜ」

　月に二分、と言われて、けいに預けてある証文のことを考えた。

　請人と言われると考えるところもあるが、博打と言われると心が動く。目の前の男は誠実そうに見えた。

「絶対裏切らねえよ。まあ、一度俺の天ぷらを食ってくれ」

「そうだな。それで決めるのでいいかい？」

　金四郎が言うと、男は首を横に振った。

「それじゃあ間に合わねえんだ。いい場所がとられちまう。ここで請人になってくれれば、すぐ店が出せるんだ」

「しかし、いくらなんでも」

「少々まずいことになっても、博打で勝てばいいじゃねえか。今日の勝ちっぷりはてえしたものだぜ」

たしかに、いざとなったら博打で勝てばなんとかなりそうな気がした。

「おう。なんだかわからねえけど乗っちまうぜ」

金四郎は酒をあおった。

「本当かい。男に二言《にごん》はねえぜ」

「その代わり繁盛しろよ」

「間違いねえって」

男が酒を勧めてくる。

金四郎は、博打の調子そのままに、つい酒を飲み干したのだった。

目の前の大川《おおかわ》では鰻が捕れるから、舟八ではよく鰻を出す。江戸の鰻屋は、店の前の川で鰻が捕れることが前提だ。屋台でもなんでも、目の前の川で捕ってきて焼く。

金四郎はもりもりと飯を平《たい》らげながら、心ここにあらずの様子である。

「どうしたのですか？」

「大きな借金を背負うかもしれねえ」

「どういうことですか？」

けいは思わず聞いた。金四郎は大きな借金を背負う性格ではない。博打に負けるといってもたかが知れているし、なにかに入れ込む性質《たち》でもないからだ。

「いや、成り行きでさ。請人になっちまったんだ」

「うけにん？」

「請人ていうのはさ。誰かが借金するじゃねえか。そのときに、そいつが返せなかったら代わりに返してやるって約束することだよ」

「わかります。つまり、金さんが借金をしたのと同じということですか？」

「そうだな」

「どのようなお相手なのですか？　金さんにとって水魚《すいぎょ》の交わりの相手であれ

ば、仕方ないことなのかもしれません」

「飲んでて気が大きくなっちまって、つい」

「つい？」

「店を出すときの請人を引き受けちまったんだ」

「店一軒分ですか？」

「おうよ」

金四郎は困ったように笑った。

どうしよう。けいは頭が真っ白になった。店を出すのにいくらかかるのか知らないが、安い金額ではないだろう。もちろん人助けは金四郎の性分かもしれない。といっても、やりすぎなのではないだろうか。

「わたくし、売られますか？」

「そんなことはねえよ」

「でも夫が失敗すると、妻は売られるんですよ」

「たしかにそういう話もあるが、読本《よみほん》から拾うのはやめろ」

金四郎が真面目《まじめ》に言う。

「ちゃんと勝算はある」

「これしかありませんが」

梅干しを出すと、金四郎は嬉しそうに手に取った。

「上等じゃねえか。こいつは酒によく合うからな」

金四郎は手早く飲んでしまうと、布団《ふとん》にくるまった。

「迷惑かけるな。すまねえ」

「お気になさらないでください。わたくしは平気です」

むしろ、金四郎にかけられる迷惑なら上等といえた。食器を片付けると、自分も布団にくるまったのだった。

そのうち、この布団の距離が縮まることもあるのだろう。

釜の蓋《ふた》をとったときに、ふわっと甘い香りがしたらご飯がうまく炊けた証拠だ。米が硬いときも、柔らかすぎるときも微妙に香りが変わる。

なかなか新妻《にいづま》らしくなってきた、とつい嬉しくなる。あとは本当に妻になるだけである。

まだけいには煮たり焼いたりというのは難しいから、なるべく「切って載せるだけ」のおかずを修業中である。

豆腐の上に、なめ味噌を載せる。単純だが、これはこれで意味があるらしい。梅に言わせると、どこで生まれたかで、なめ味噌の種類も味も違うそうだ。江戸生まれと秩父《ちちぶ》生まれでは、もうなめ味噌の味は違う。

金四郎もけいも武家だから、けいが選ぶ味のなめ味噌は金四郎好みらしい。けいの家は、味噌の中に胡麻《ごま》を練り込んだものを食べていた。

それから、ぱりっと焼いた油揚げを用意する。油揚げは「運が上がる」ということで、朝食べると縁起《えんぎ》がいいらしい。

今年は閏年《うるうどし》だから狐《きつね》の力が強いということで、油揚げは例年よりも験《げん》がいい。

炙《あぶ》った油揚げに豆腐、大根の漬物、梅干し。そしてアサリの味噌汁を用意して金四郎のもとに運んだ。

金四郎はすっかり起きていて、胡坐《あぐら》をかいてなにやら考えごとをしていた。

「どうしたのですか？」

「うん。少々気になることがあってな」

金四郎が含むところのある言い方をした。

「なにか事件ですか？」

「最近、王子で狐に化《ば》かされる騒ぎがあるらしい」

「どういうことですか？」

「身ぐるみはがされるらしい」

「事件ではないですか」

けいが言うと、金四郎が首を横に振った。

「誰も届け出ないらしいんだ」

「不思議ですねえ」

「しかも、狐が天ぷらを食わせてくれるらしいんだ」

「届け出もないのに、天ぷらを食べたということはわかるのですか」

「そう。そこなんだ」

金四郎が腕組みした。

「被害者がいねえのに、狐と天ぷらの噂だけ出回りやがる。不思議でしかたない。まさに狐に化かされているみたいだ」

たしかにそうだ。届けたくない理由があるなら、天ぷらのことも言わないに違いない。

「狐の出した天ぷらは美味しかったのでしょうか」

「美味かったらしいな。また食べたいらしいぜ」

「身ぐるみはがされたのにですか?」

「ああ。金持ちにはいい刺激なのかもしれねえな」

金四郎が苦笑した。

「その天一さんとやらの仕業《しわざ》ではないですよね」

「そんなやつなら金に困らないだろう」

たしかにそうだ。疑いすぎはよくない。けいは反省した。

それから、金四郎はあらためて口を開いた。

「まあ、天一が店を開く予定なのも王子だしよ。いずれ王子に二人で行かねえか? ついでに稲荷神社も冷やかして来ようぜ」

金四郎が軽い調子で言った。

「祝言《しゅうげん》ですか?」

思わず聞いた。大げさな式をやらずに稲荷神社で二人だけで祝言を挙げてから、本格的に結婚の準備に入る人も最近ではいるらしい。

金四郎もさりげなく祝言をしてくれるのだろうか?

「いや、散歩だ」

「わたくしはよろしいですよ」

「散歩だからな。その、よろしいって言葉は、祝言をしても構わないって意味じゃないだろうな」

「散歩でも祝言でも構いません」

「おけいを連れて歩いてると、鼻が高いんだよ」

「どういうことですか？」

「みんなが振り返るしよ。あの別嬪を連れてるのは誰だってことになるからな」

どうやら、けいを連れて歩いているだけで名前が売れるらしい。

江戸において、美人を連れて歩いているというのはそれだけで噂《うわさ》になることだ。いい女は吉原《よしわら》に集まってしまうので、長屋で美人は貴重である。

「舟八にしたって、おけいがいるだけで繁盛するからな」

最近、舟八の売り上げは右肩上がりである。料理の味はいいが目には優しくないと言われていた料理屋が、目に優しい看板娘が入ったのだ。繁盛しないわけがない。

ただ、繁盛しすぎて、もはやけいだけでは追いつかなかった。

「繁盛しすぎです。彩《あや》の手が借りたいです」

「誰でえ。その彩っていうのは」

「彩はわたくしの女中で、子供の頃から世話になっているのです」

「へえ。きっと気が利くんだろうね」

「ええ。彩さえいてくれたら、どんなことでも安心できるのです」

言ってから、彩に手紙を出してみようと決めた。もし彩が来てくれたなら百人力である。

それに金四郎とのことも助言してくれるだろう。

「手紙を書いてみます」

「そうだな」

金四郎も頷《うなず》いた。

けいは金四郎の膳に目をやった。いつの間にか食事は全部食べられている。

「美味《おい》しかったですか？」

「ああ。美味かった。胡麻の混ざった味噌ってのは初めてだったが美味いな。うちの味噌には胡麻は入ってなかった」

「遠山家の味噌は何を混ぜてたのですか？」

「うちは柿だった」

金四郎が意外なことを口にした。

「柿ですか」

「ああ。親父《おやじ》殿は柿が好きでな。味噌にも混ぜていたんだよ」

柿味噌が美味しいのかはわからないが、一度作ってみようと思った。

食事を下げると、けいはさっそく彩に手紙を書いたのであった。

「お暇《いとま》をいただきます」

宗谷《そうや》彩は、主人である堀田一定を前にきっぱりと言った。まったく常識ではありえないことである。

そもそも、彩は堀田家に雇われているといっても、主《あるじ》である一定とまともに口をきけるような関係ではない。

彩の実家である宗谷呉服店はたしかに豪商ではあるが、江戸の番方《ばんかた》の頂点に立つ堀田家四千石の当主とは身分の差がありすぎる。

やめるにしても、しかるべき筋から「お伺い」を立てる必要があった。

それを超えて顔を合わせているのは、ひとえに堀田家の長女である「けい」に関することだからである。

彩はけいの面倒を見るために宗谷家から奉公に上がった。けいよりも二歳年上で、主人というよりも妹に近い感情がある。

だからこそ、遊び人のもとに押しかけ女房などということに納得はできなかった。主の一定がどう思おうと、彩は退《ひ》けないと思っている。

「けいのもとに赴《おもむ》くのか」

「当然でございます」

彩はけいから来た手紙を一定に差し出した。気丈なけいから、手助けを求める内容の手紙が届くとは尋常ではない。かなりつらい目にあっていると推測できた。

一定は、手紙を読んでも眉《まゆ》ひとつ動かしはしなかった。

「そんなにけいが心配か？」

「もちろんです」

彩は大きく頷いた。いくらしっかり育てられたといっても、けいは箱入り娘である。しかも船宿に寝泊まりしているという。

船宿。

彩は心の中であらためて思う。船宿というと、瓦版《かわらばん》でも読本でも芝居でも、なにかといえば悪党が根城《ねじろ》にしている場所である。

そんな場所に寝泊まりしている金四郎という男がまともとは思えない。

もしかして、けいがひどい目に遭わされているのではないかと思うと気が気ではない。一刻も早く確かめに行きたかった。

一定は、懐から切り餅《もち》を取り出した。二十五両の包みである。彩の給金が年間八両である。普通、女中の給金は年二両二分から三両だから、彩は破格の給金で働いていることになる。それでも二十五両といえば、彩にとっても数年分の給金だ。

「いままでの礼だと思ってくれ。金でねぎらうつもりもない。そもそもお前の家のほうが金は持っておるだろうしな」

一定の気持ちはわからないが、彩がやることに反対でもないらしい。ありがたく切り餅を懐に入れると、彩は畳に両手をついた。

「いままでお世話になりました」

それから、意気揚々と堀田家を出る。

「待っていてください。お嬢様。いま助けに参ります」

そう声に出すと、彩は「舟八」へと向かうことにしたのであった。

りりりりりん、とやかましく風鈴が鳴った。

軒先に下げてある季節外れの風鈴が、夏よりも元気に騒ぐ。金四郎は夏を過ぎたあたりの「はぐれ者」の風鈴が好きらしく、なかなか外そうとしない。

川風を受けての風鈴ははぐれ者というよりも無法者《むほうもの》なので、けいとしてはそろそろ外したいとは思っていた。

金四郎のほうはまるで気にならないらしく、安らかな寝息をたてている。前はけいが起きるより先に金四郎のほうが起きていたのだが、最近はけいよりも遅くまで寝ている。

それだけ心を許されているようで嬉しかった。

下に降りて顔を洗う。

「おはよう。おけいちゃん」

梅が声をかけてきた。

「朝飯を食べちゃいな」

「ありがとうございます」

「それが終わったら、大根を剝《む》いてみようか」

「はい」

梅は、けいのための朝食を出してくれた。

「今日、店で出すやつだよ」

梅が膳を持ってくると、中身を見るよりも先に胡麻の強い香りが鼻腔《びこう》をくすぐった。椀の中には蕪《かぶ》が入っていた。

胡麻の香りは蕪から漂《ただよ》ってくる。

「蕪の胡麻油煮さ。いまの時期は胡麻油の旬《しゅん》だからね」

「胡麻油に旬があるんですか？」

「そりゃあるよ。どんなものにだって旬はあるさ。胡麻が採れる時期に、新鮮な胡麻で搾《しぼ》った油が一番美味しいんだよ」

蕪は柔らかく煮込んであって、箸《はし》で簡単に割れる。軽く醬油《しょうゆ》がさしてあるようだ。わきに芥子が添えてある。

口に含むと、蕪のやや土臭い匂《にお》いを胡麻油の香りが包み込んで、力強い甘みが口の中に腰を下ろす。芥子をつけると舌の上に刺激が走って味が変わる。いくら食べても飽きない味だった。

味つけは醬油だけだが、蕪自体から旨味《うまみ》が染《し》みだしてくるようだった。

「美味しい！」

「それとこれを食べるといい」

梅は、豆腐を出してきた。豆腐の上になにかかかっている。どうやら胡麻でできたタレのようだ。

口に入れると、胡麻の香りと胡桃《くるみ》の香りが広がる。舌にぴりりと辛みがあるのは薬研堀《やげんぼり》（七味唐辛子）だ。胡麻と胡桃をよく摺《す》ったうえで、醬油と薬研堀で味を調《ととの》えて豆腐にかけたものだ。

薬味をかけていないのは、胡桃の風味を殺さないためだろう。

「こんなものを食べられるなんて幸せです」

「ありがとうよ」

梅が嬉しそうな笑顔を見せた。

「そろそろ飲んだくれが増えるから気をつけておくれね」

「いつも飲んだくればかりじゃないですか」

「いまの時期は特にだよ。そろそろ重陽《ちょうよう》だろう？」

「菊を買ってきて飾る日でしょう？」

重陽の節句は菊の節句だ。武家では、菊を部屋に飾って、花びらを浮かべた盃《さかずき》で酒を飲む。

祝い事ではあるが、とりたてて騒ぐようなものではなかった。

「おけいちゃんの家は、重陽は静かなのかい？」

「ええ」

「うちのあたりじゃあ重陽はお祭り騒ぎさ。菊の祭りだっていうんで、女装した男連中が町中でうるさいったらありゃしない」

「女装ですか？」

「菊っていうのは美少年の象徴だからね。それでも本物の美少年ならいいんだけど、長屋の熊だの八だのって連中まで女装しやがるから目が潰れそうだよ」

女性を百合《ゆり》や牡丹《ぼたん》にたとえるのはよくあるが、男は菊なのか、とけいは感心した。姿勢のよいすっきりとした佇《たたず》まいが男らしさに通じるのだろう。

「おうおう。なんだか騒がしいじゃねえか」

金四郎が二階から降りてきた。金四郎の様子を見ると、たしかに凛としていて菊のようにも見えた。

「菊の節句は、お酒を飲むらしいんです」

けいが言うと、金四郎が大きく頷いた。

「ああ。まったくなにか理由をつけちゃ、酒を飲みやがるからな」

「今日も賭場にお出かけですか?」

「いや、今日はそのへんをぶらぶらしてくる」

金四郎は遊び人だから、そのあたりをぶらぶらするのが仕事である。なにかしら町の人たちを助けて小遣《こづか》いを稼いでいるのだ。

なので金四郎が普段なにをしているのか、けいはよく知らない。話をしてくれている範囲でなんとなくわかるという程度だった。

「おい。これは美味すぎるじゃないか。店の中が酔っ払いであふれちまう」

朝飯をかき込みながら、金四郎が舌打ちした。

「文句があるなら食べなくていいよ」

梅が毒づいた。

「美味いって言ってるだろう」

金四郎が膳を抱え込む。そうしてから、豆腐も蕪も全部飯の上にかけてしまった。

「なんだい、その行儀の悪い食べ方は。おけいちゃんの前で恥ずかしい」

「これ、最近流行ってるんだよ。丼 飯《どんぶりめし》って言ってな。飯の上になんでもかんでもかけちまって混ぜるんだ」

金四郎が拗《す》ねたように言う。

丼の上は、彩《いろど》りというには無理があるような色合いになっていた。

さらに、芥子に薬研堀まで上からかけている。

「それじゃ、なんだかわからない味になりませんか？」

思わず笑ってしまう。

「男の流行りを笑うなよ」

「流行りなんですか？」

「ああ、それに朝、薬研堀を食べると縁起がいいらしいぜ」

「本当ですか？」

けいは思わず身を乗り出した。

「それはなにに書いてありました？　江戸まじない草紙《ぞうし》ですか？　縁《えん》起評《ぎひよう》判記《ばんき》です？　あるいは陰陽日用《おんみようにちよう》です？」

「なんでえ、それは」

「おまじないの本ですよ。知りませんか？」

「まじない？」

「金さんはおまじないを知らないんですか？」

「いや、知ってるけど、信じないな」

「なんでですか？」

けいは思わず聞き返した。朝家を出るときに、どちらの足から出たほうが縁起がいいかというのは重要なことだ。

それに、どの色を身につけると、今日の運が上がるのかを調べない女子《おなご》は、江戸にはほとんどいないだろう。

江戸の娘は朝起きてから夜寝るまで、なんらかのおまじないに接しているものだ。

女子ほどでなくとも、江戸っ子はだいたい縁起担《かつ》ぎが好きだった。

「というか、おけいは信じてるのか？」

「当然でしょう」

けいが答えると、金四郎はやや困惑したような表情になった。

「たしかに、まじないは生きるのに必要かもしれねえな」

そのときである。一人の子供がけいのところにやってきた。

「おけいさんっていますか？」

「わたくしですけれど」

けいが答えると、子供は安心したようにけいに手紙を渡した。手紙は彩からで、これから舟八に向かうと書いてある。先触《さきぶ》れの手紙であった。

出かける前に、相手が留守にしないように子供に手紙を預けて先に走らせる。子供にとってはいい小遣い稼ぎになるし、すれ違いも減るのでよく使われる方法だった。

だとすると迎えに行かなければならない。けいにしても、ここに最初に来たときには、金四郎に担いでもらわねば辿り着くことができなかった。

ましていまは重陽の節句のころである。酒に潰《つぶ》れた町人が道端にごろごろ転がっていて通れないのではないかと思われた。

「迎えに行ってまいります」

けいは梅と金四郎に言うと、彩が来るであろう方向に向かうことにした。彩はおそらく日本橋本町《にほんばしほんちょう》の宗谷家から駒形町《こまがたちょう》で舟を降りて諏訪町に向かっているに違いない。諏訪町の途中あたりが難所である。

けいは最近慣れてきたからいいが、彩は通れないのではないかと思えた。

「俺も行くよ。男がいたほうがいいだろう」

金四郎もついてきてくれた。

諏訪町のあたりに着いたときである。

「どきなさい、下郎《げろう》！」

凛とした声がする。同時に、酔っ払いの群れが左右に分かれた。まるで波が左右に割れるかのような様相《ようそう》だ。

彩は、白地に鈲《かん》つなぎ、さらに四条の紫の縞《しま》の着物で現れた。最近江戸では「半四郎鹿の子《はんしろうかのこ》」という柄《がら》が流行しているが、彩の恰好《かっこう》は上方《かみがた》で流行りはじめたものだ。江戸ではまだ流行っていないからわからない人も多いが、高価な装《よそお》いということだけは想像がつく。

きりりとした顔立ちを化粧でさらに強調していた。庶民には近寄り難い気配をあふれさせている。けいの知っている気さくで気のきく彩とは、別の人間のようだ。

彩はけいのところまで来ると、いつもの人なつこい笑顔になった。

「大丈夫ですか？　お嬢様。なにやら大変な様子ですが」

「彩、来てくれてありがとう。お店が繁盛し過ぎちゃってるの」

けいは、舟八の人手が足りないということを語った。彩は静かに聞いていたが、大きく頷いた。

「おまかせください、お嬢様。彩が来たからには心配はいりません」

「おいおい。お前さんも手伝うのか？」

　金四郎が心配そうに聞く。

「そうですが、なにか？」

「主《あるじ》に話を通さねえとなんとも言えねえだろう」

「わたしを拒《こば》む理由もないでしょう。それよりもあなたが遠山金四郎と申す遊び人ですね？」

　彩が、露骨に金四郎を値踏みする視線を向けた。

「そうだけど。あんたは誰なんだよ」

「宗谷彩と申します。幼いときからお嬢様にお仕《つか》えしてきました。まさかあなたのような遊び人のもとに参られるとは思いもしませんでした。よくまあ、恥ずかしげもなくお嬢様と暮らせますね」

　彩が、冷たい目で金四郎を見据《す》える。

「ですが、お嬢様が決めたことに口を出しても仕方ありません。とりあえず舟八という宿に参りましょう」

　それから彩は後ろを振り返って、さきほど蹴散《けち》らした人々に目を向けた。

「明日から舟八なる宿で接客をすることになりました。みなありがたく料理を食べに来るように」

そう言うと、彩はさっと背を向けた。

「あんなこと言ったら、来る客も来ないのではないの?」

けいが心配になって言う。

「いいえ。押しかけてきますよ、お嬢様」

彩が自信満々に言う。

「それに、まず梅さんの了解もとらないと」

「先ほども申しましたが、わたしを拒絶する理由がありません」

「お父様は?」

「屋敷には暇をもらってまいりました」

「大丈夫なの?」

思わず聞き返す。

女中奉公というのは、そんなに簡単に切ったり貼ったりできるようなものではない。厳密なやりとりがあるのだ。

もっとも、父の一定が、けいに彩をつけるというのはありそうなことだ。金四郎のもとに送り出したといっても、まったく心配していないわけでもないだろう。

「この金四郎なる男を見張らせていただきます」

第二章

どうしよう、とけいは思った。彩はけいにこそ甘いが、それ以外の人間には少々手厳しい。

実家の宗谷呉服店は一日に千両稼ぐという大店《おおだな》だ。その娘として幼いころから厳しく躾《しつけ》られ、年齢の割にしっかりし過ぎているところがある。

舟八に着くと、彩は、梅のほうに柔和《にゅうわ》な笑顔を向けた。さきほど金四郎に向けたのとはまるで違う愛嬌《あいきょう》のある表情である。頭を下げて事情を説明すると、涼やかな声で梅に語りかけた。

「お給金が負担なようなら、無給でけっこうです。いかがですか？　接客には少々自信もございます」

たしかに、けいよりも圧倒的に接客力はあるだろう。むしろけいの出番がなくなるのではないかと思われる。

　梅は、けいと彩を見比べていたが、やがてにやりと笑った。

「そうだね。働いてもらおうか。おけいちゃんが一日働きづめってのも無理があるからね。人手はいくらあっても困らないよ」

「ありがとうございます」

　彩はにこやかに返事をする。

「では、さっそく働かせていただきます」

　そう言うと、さっと着物にたすきをかけた。それから金四郎に目をやる。

「お嬢様の邪魔になるから、賭場《とば》でも釣りでも好きに行くといいのではないでしょうか。ただし釣りでも博打《ばくち》でも、一文でもいいから稼いでくるほうがいいですよ」

　きっぱりと言われて、金四郎があわてて出て行った。

「ふん。根性なし」

　彩が毒づく。

「彩。わたくしのほうが押しかけ女房なのです。あまり冷たい態度は困ります」

「あの男のことが好きなのですか？」

まっすぐ彩に問われて、けいは思わず顔を赤くした。

好きか、と言われると、「そうです」とは答えにくい。もちろんけいとしては好感を持ってはいるが、金四郎に女房だと認めてもらったわけではない。

あくまで「嫁見習い」の身分なのである。

軽々しく「好き」と言ってしまったら迷惑をかけそうな気がした。

「よくわからない……かしら」

「つまり気の迷いということですね」

彩が力強く言う。

「とりあえず準備しましょうか」

けいはあわてて話題をそらした。彩は女中とはいっても、けいからすると姉のような存在である。押されてしまうと、どう対応していいのかわからない。

「綺麗《きれい》どころが二人になって嬉《うれ》しいよ」

梅がうきうきと言う。

けいとしても、彩と一緒に働くのは初めてである。いままで面倒を見てもらうことしかなかった。

彩は店でどんな振る舞いをするのかが知りたい。

そして、その日の舟八は店を開けたのであった。

「はい。飲みすぎ。もう帰っていいですよ」

「いつまで座ってるんですか？　視線もお嬢様のほうに向けない」

「空気が汚れるから、お風呂に入ってから来てくださいね」

彩はてきぱきと毒舌を吐いていた。顔はあくまで柔和で、声の調子も耳当たりがいい。にもかかわらず、客に対しての台詞《せりふ》はかなり厳しかった。

「おいおい。いくらなんでもひどくないか？」

「いやならお帰りくださってけっこうですよ」

彩は笑顔のままでにべもない。

「彩、いくらなんでもお客様に厳しいんじゃないですか？」

「お嬢様。このような方々に甘い顔を見せすぎです。お嬢様ももう少し厳しくしてみてはいかがでしょう」

「なに言ってるのですか、彩。大切なお客様ですよ。追い立てるようなことをしてはいけないでしょう」

客は黙って食事をしながら、けいと彩のやりとりを見守っていた。

「飲みすぎて床に転がるような連中は、客ではありません」

彩がきっぱりと言う。

「飲みすぎるほど、うちの店がいいということでしょう？」

「それで体を壊しては駄目《だめ》です」

彩がさらに言う。それから、客を見回した。

「わたしに当たるかお嬢様に当たるか。昼一番の丁半《ちょうはん》博打。一日を占うのにはちょうどいいってことですよ」

彩の言葉に、客が歓声を上げた。

なるほど、とけいも思う。けいが甘く対応して、彩が厳しく対応する。どちらに当たるかは丁半博打のようなものだ。

一日の吉凶を占うのが大好きな江戸っ子としては、この博打はたまらなく面白いだろう。舟八は間違いなくさらに繁盛《はんじょう》するだろう。

さすが彩だ、とけいは感心した。客をぞんざいに扱っているように見えて、繁盛の方法を一瞬でさぐり当てたのだろう。

店はすぐに喧噪《けんそう》を取り戻して、彩にてきぱきと追い出されながら、新たな客が次々と入ってきた。彩のおかげで客の回転がよくなっている。

「こりゃ、板前も増やさないとだね」

梅が嬉しそうに言った。

たしかにかなりな勢いである。

しばらくして、米も惣菜《そうざい》もすっかり尽きてしまい、舟八は休憩をとった。

「すごいですね、彩」

けいは思わず声をかけた。

「なにがですか？」

「あの口上《こうじょう》ですよ。これでお店もますます繁盛します」

「お嬢様目当ての連中を一掃したかったのですが、かえって客が増えてしまって残念です」

彩があっさりと言う。

真意はわからないが、頼もしい味方であるに違いない。

梅が、彩にもまかないを出してくれた。彩は丁寧《ていねい》に頭を下げると口をつけた。

「美味《おい》しいですね。蕪《かぶ》も豆腐《とうふ》もいい味です」

「ありがとうよ。お嬢さん」

梅が礼を言う。

「ただ、これではお酒のつまみに偏《かたよ》った味のような気がします。飯に合うような工夫をしてもいいかもしれません」

「工夫ってどんなだい？」

「いい味でまとめすぎです。もう一品、味がまとまらなくなっても印象に残る味のものがあるほうがいいかと存じます」

「まとまらなくてもいいのかい？」

「この料理を作った方は腕がいいですね。それだけに、味をまとめてしまう。こんな船宿とは思えない上品な味です」

「こんな船宿で悪かったね」

梅は苦笑したが、気を悪くしたわけでもないらしい。

「なにを作ればいいかはわかりません。ただ、もう一味あるともっと美味《おい》しくなると思いますよ」

「心にとめておくよ」

梅が頷《うなず》いた。

三人で話していると、金四郎がどこからか戻ってきた。

「おう。腹が減ったんだけどな」

「そこらの草でも食べたらいかがでしょう」

彩が無表情に言う。

「草はねえだろう。俺がなにかしたのか？」

「お嬢様にまとわりついてるでしょう？」

けいがあわてて間に入った。

「まとわりついているのはわたくしなんです、彩」

けいが言うと、彩は不愉快そうに唇をゆがめた。

「そうでしたね。お嬢様が押しかけ女房なんでしたね」

彩は、大きくため息をついた。それから金四郎に笑顔を作る。

「では、わたしも押しかけ女中ということでよろしくお願いします」

「ああ。よろしく頼む」

金四郎は毒気を抜かれたように答えた。彩に対してどう接していいのかわからないといった様子だ。

「ところで、おけい。約束してた天ぷら屋に行こうじゃねえか」

話題を変えたいのか、金四郎が声をかけてきた。

「はい。屋台のですね」

けいが答えると、彩がかっと目を見開いた。

「屋台の天ぷら？」

声が震えている。

「知っているの？　彩」

「知っております。地獄の鬼のような男たちが安い金で飲むために集まる場所でしょう。どう飲んでもたいした金がかからないということで、銭《ぜに》べろなどという言葉があふれてますよ」

「銭べろ？」

「べろべろになっても銭ですむという意味だそうです。そのような店にお嬢様を連れていって、なにをしようというのです」

「いや、天ぷらを食べさせたいと思って」

「なんのために？」

「俺が王子の天ぷら屋の請人《うけにん》になったからじゃねえかな」

金四郎も、彩が相手だと勝手が違うらしい。

「――請人」

彩のほうから金四郎に向けて冷たい風が吹いたようだった。

「まさか証文に爪印《つめいん》を押したんですか？」

「押した」

「そうですか。わかりました」

彩はそれだけ言うと、黙った。

「行ってらっしゃいませ。お嬢様」

「ええ。行ってくるわね」

どうやら金四郎は彩の逆鱗《げきりん》に触れたようだった。静かになったときの彩は怖い。とにかくいまは逃げておきたい。

店を出ると、金四郎が左手を差し出してきた。

「間違ってはぐれると大変だからな」

「こんな近所でですか？」

「どんな近所でもだ」

意味はわからないが、金四郎が手をつないでくれるというなら拒む理由もない。

少し歩くとすぐ意味がわかった。もうそろそろ夜になるとかなり冷える時分なのに、道に人がごろごろ転がっている。

地獄の鬼とは言い得て妙で、赤い顔をしたり青い顔をした人々が、道で眠っていたり具合が悪そうにしている。

とてもけい一人で通れる道ではない。金四郎はけいの手を握ったまま、すいすい歩いていく。

「おう。ちょっと場所をあけてくんな」

金四郎が声をかけると、人垣が割れて、屋台が顔を出した。「天ぷら」という提灯《ちょうちん》が見えるから、あれが天ぷら屋なのだろう。

金四郎とけいが近づくと、客がさあっと散って場所を作ってくれた。それはいいのだが、かっと目を見開いてけいのことを見つめている。

男連中の視線で肌が焼けるようだった。

「あまりこっちを見るなよ」

金四郎が言ったが、誰もやめる気配がない。もし一人だったら、視線に負けて逃げ帰ったに違いなかった。

「あれで気のいい連中なんだけどな」

店主はそう言ったが、とても信じられない。

「おう、金さん。なににする」

「なにって、ここで天ぷら以外なにを食うんでえ。今日おすすめの天ぷらと酒をくんな」

「わかってるけど、うちは冷やしかねえぜ」

「おうよ」

金四郎が慣れた様子で頼む。

「こっちのお嬢さんは天ぷらが初めてだからな。よろしく頼む」

「おう。じゃあいい思い出にしねえとな」

言いながら、店主が鍋にタネを入れた。

「あいよ」

揚がってきたのは、蛸《たこ》、ゲソ、泥鰌《どじょう》、茄子《なす》、四方竹《しほうちく》である。どれも熱々《あつあつ》で、じゆうっと音を立てている。

「塩つけて食べてくんな。醬油《しょうゆ》でもいいけどよ」

食べてみると、たしかに美味しい。だが、胸にもたれる感じもある。酒が冷やだけというのはわかる気がする。これに熱燗《あつかん》だと、少々重くなってしまう。

問題は客のほうである。金四郎がいるからいいようなものの、これでは女は近寄ることもできない。

金四郎は長居はせず、食べるとすぐに席を立った。騒がしい客から逃れて、なんとなくほっとする。

店から離れると、金四郎が声をかけてきた。

「どうだい。感想は」

「美味しいですが、これは流行るとは言いがたいです」

「美味しくても駄目か?」

「このような方々に囲まれて食べるのでは生きた心地がしないです。いくら美味しくても女が来られるところではありません」

「まあ、そうだな」

「小料理屋は、芸者を連れてきたり、少々いい恰好《かっこう》をするための店でもあるでしょう。このような場所だと女は引いてしまいます」

あの光景を見たら、「天ぷら」と聞いただけで思い出し、女は引いてしまうだろう。

「そうか。味はいいからな。綺麗になればよさそうだがな」

金四郎が唸《うな》った。

たしかに天ぷらは美味しい。だからこそ金四郎も請人になったのだろう。

「ま、戻ろう」

金四郎がふたたび手をつなぐ。この手は習慣になるのか、それとも今日が特別なのかつい考えてしまう。

舟八に戻ると、彩はまだ待っていた。

「おかえりなさいませ」

「彩もここに住むの？」

「そんなご迷惑なことはしません。住居は押さえてありますよ」

それから彩はけいをまっすぐに見た。

「少しお話があります」

「わたくしの部屋でもいいかしら」

「はい」

そして彩は金四郎に視線をやった。

「声をかけるまで上がってきてはいけません」

ぴしゃりと言うと、彩はけいと上にあがった。

「金さんのこと、反対ですか？」

上の部屋で二人になると、けいは最初に聞いた。彩に反対されても、金四郎と離れる気にはならない。

「お嬢様はすっかり心を奪われているのですね」

「ええ。どうしてだかはわからないのだけど」

「いい男だからでしょう」

拍子抜けするほど、あっさりと彩が言う。

「人望もあり、機転も利《き》く。育ちもいいし品もある。判断力もありそうです。入れ墨《ずみ》が入ってるのは気になりますが、隠せばいいことですから」

「じゃあ賛成なの」

「反対もしませんが、少々自信がありすぎです。男はいぶし銀くらいがいいのですが、少々光りすぎですね。でも若いから仕方ありません」

そういう彩も金四郎と年齢は変わらないのだが、風格は彩のほうがある。

「少々鼻を折って躾《しつけ》ないと、いい男にはなりません」

「しつけ?」

「いいですか、お嬢様。男は女に磨かれないと、いい男にはなりません。最初からいい男が落ちているほど、世の中は甘くないのです。所帯を持った時点では、男は全員育ってないのです。赤子なのです」

「はい」

「ですから、相手が至らないのは仕方ありません。その意味では、金四郎というのは素材としては悪くないでしょう」

どうやら、金四郎は彩の眼鏡《めがね》にはかなったようだった。

「では、金さんは合格なのね」

「まだわかりませんが、悪くはないでしょう。ただ、勝手に請人になるなどというようなことをさせては駄目です。あれは過信ですね」

「人情ではなくて過信なの？」

「そうです。自分がいるからなんとかなるという気持ちが、簡単に請人を引き受けさせたのです」

たしかに金四郎にはそういうところがある。

「そのうち足をすくわれてしまうものですよ」

彩はさして心配そうなそぶりも見せずに言った。

「大丈夫かしら」

「大丈夫でしょう。お嬢様にはわたしがついていますから。あの人の失敗くらいはなんとかします」

金四郎以上の圧倒的な自信で、彩は言ったのだった。

「ところで、ちょいと王子まで出かけてこようと思う」

翌日、けいが昼の給仕を終えてひと息ついていると、金四郎が声をかけてきた。

「お一人でですか？」

「そうだな。おけいと行こうとも思ったが、やはり最初は一人のほうがいいだろう」

金四郎が考え込みながら言う。

「今日は遅くなるから、先に寝ててくれ」

金四郎に言われて、けいは首を横に振った。

「わたくしも王子に行ってみたいです」

口を開くと、横から彩がぴしゃりと言った。

「駄目です、お嬢様。お嬢様が行くようなところではありません」

「どうして？　王子は稲荷《いなり》神社もあるし、権現《ごんげん》様だってあるじゃない」

「昼はいいですけど、夜にかかるようならいけません」

彩が眉《まゆ》をひそめる。

「夜？」

彩が金四郎を睨《にら》みつつ、説明してくれた。

王子は、参拝客で賑《にぎ》わっているし、特別危険というわけでもない。問題なのは、王子が「江戸ではない」という一点である。

江戸には、「所払《ところばら》い」という刑罰がある。要するに「江戸に住んでは駄目」という刑である。

家賃や年貢の滞納などでも所払いにされるが、一番多い理由が、「離縁してない妻がいるのに勝手に他の女と結婚した」ためである。

盗みなどに対してはもっと刑が重いから、所払いされたとなると「金にだらしない」か「女にだらしない」のどちらかということになる。

加えて、王子は江戸に近い繁華な町で、女の出入りも多い。というわけで所払いをくらった罪人が王子に引っ越すことも少なくないのである。

「お嬢様のような方が歩いていたら、間違いなく狙《ねら》われます」

「そうかもしれないわね」

けいも納得した。自分は世慣れているようには見えないし、まさに恰好の獲物に見えるかもしれない。

「では、薙刀《なぎなた》を持っていくのはどうでしょう」

「ますます狙われますよ。育ちがいいです、と叫んでいるようなものです」

「そうは言っても、金さんは請人なんでしょう？　わたくしも天一さんの天ぷらがどのようなものか知っておきたいのです」

「そいつはたしかにそうかもしれねえな。俺もまだ食ったことないしな」

金四郎が歯切れ悪く答えた。

「食べたこともない店の請人になるというのは理解できませんね」

彩がばっさりと言い放つ。

「それはもう言わないでくれ。話が堂々巡りになっちまう」

「わたくしとしては食べてみたいです」

「とりあえず一人で行ってくる」

「ところで、請人になったあと、どんな店か確認はしていますよね？」

彩が、まさかしていないということはないですよね、と念を押すように畳みかけた。

「まだ行ってねえよ。だから行こうとしてるんじゃねえか」

「頭が悪いとは思ってましたが、悪いんじゃなくておかしいのですね」

「なんだよ、その言い方は」

金四郎がさすがに少々むっとした態度を見せた。

「本当に店があるのかもわからないでしょう。ない店の請人にさせて借金だけ背負わせるのは、人を騙《だま》す基本ですよ」

「なるほど、そうか」

「武家に暮らしていると卑《いや》しい考えが身につかないから仕方ないでしょう。誰もが人を騙すわけでもないですが、早いうちに行ったほうがいいでしょう」

彩がやれやれという様子になる。

「だから、二人で行きましょう」

けいはあらためて言った。

「危険なら、金さんと手をつないで歩くことにします」

これはいい考えだ、とうきうきする。金四郎と手をつないで歩いていれば、他の男が近寄ってくることはないだろう。

おまけに、金四郎に他の女が寄ってくることもない。まさに神算鬼謀《しんさんきぼう》といえる。

「そうしましょう。金さん」

「そうか。手をつなぐか」

金四郎はあくまで歯切れが悪い。

「問題がありますか?」

「いや、俺はなんというか相手の品定めに行くんだ。女連れで、さらには手をつないで出かけるってわけにもいかねえさ」

「そうですか」

たしかに人生のかかった深刻な話だ。手をつないで出かけるのは不謹慎かもしれない。

が、彩がふたたび割り込んだ。

「そんなこと言って。いかがわしい魂胆《こんたん》が透《す》けて見えます。お嬢様を連れて出歩くことのどこに問題があるのですか」

「お前はおけいと俺をくっつけたくないのか、くっつけたいのか、いったいどっちなんだ」

金四郎がうめくように言った。

「もちろんあなたなどとくっついて欲しくはないです。しかし、お嬢様が一緒に出かけたいとおっしゃっているのに、簡単に袖《そで》にするその態度はもっと許せませんﾞ」

金四郎は、彩の言葉に腕組みをした。

「なるほど、あっぱれな態度だな。しかし、王子に連れていくにはちょいとおけいは美人すぎるかもしれねえな」

「そんなことはないですよ」

けいはあわてて否定する。自分よりも美人はたくさんいる。といっても、否定しすぎるのもそれはそれで不躾《ぶしつけ》がすぎるというものだ。

「でも、美人だとおっしゃっていただけるなら感謝します」

素直に頭を下げる。

「では行ってらっしゃいませ。店はわたしが回しておきます」

彩がけいに言った。

「よろしくお願いします」

「なんで二人で王子に行くことになってるんだ？」

金四郎があわてたような声を出した。

「違うんですか？」

けいと彩が同時に声を出した。

「いや……違わねえ」

金四郎は気圧《けお》されたように言った。

「支度《したく》してくれ」


金四郎は、けいの右手をしっかりと握っていた。はぐれないための工夫だ。金四郎の手はほこほこと温かくて、なんだか落ち着く体温だった。

舟八から王子までは、だいたい歩いて一刻半《いっとき》（約三時間）くらいの距離だ。人通りの少ない通りをほとんど通らないから安全ともいえる。

ただし、掏摸《すり》が多いから、そこは気をつけないといけない。けいがどう頑張っても、掏摸の腕がよければ無駄である。

彩が、掏摸対策としてけいに財布《さいふ》を四つ持たせてくれていた。

銭を細かく分けて、財布をたくさん持つ。そうすれば一度に全部掏《す》られることもない。そのうえで、帯の裏に銀を隠しておくのである。

無傷でないにしても、大きな被害は出ない方法だった。

金四郎がいれば平気だろう、という思い込みもあって、安心して歩くことができた。

浅草から王子に向かう途中には日暮里《にっぽり》を通る。道のあちこちで紅葉《もみじ》が色づいていて、目にも艶《あで》やかだ。

「このへんは、年明けには梅、春は桜、秋は紅葉と、一年中なにかしら咲いてるからな。見飽きないひぐらしの里っていうくらいさ」

「たしかに楽しいですね」

「ただし、目だけな。このあたりはなんの名物もねえからな。腹が減っても団子《だんご》くらいしか食うものがねえ」

金四郎はやや不満そうに言った。

食べるのが好きな金四郎にとっては、団子だけでは物足りないだろう。たしかに道を歩いていても、団子屋と蕎麦《そば》屋くらいしか見当たらない。

「団子でも食べるか？　王子に行けば美味《うま》いものも多いが、俺は持ちそうもない」

「わかりました」

返事をすると、金四郎は団子屋に向けて足を速めた。じつはけっこう腹がすいていたらしい。

「あまり強く引かれると転んでしまいます」

けいが言うとやや足をゆるめたが、視線は団子屋を向いている。

「おう。団子だ！　団子。五本くれ」

店に入る前から大声で注文する。どうやら待ちきれないらしい。よく聞くと、腹がきゅるきゅると鳴っていた。

「本当にお腹がすいていたんですね」

「おう。俺は武士じゃねえからな。腹が減っても高楊枝《たかようじ》とはいかねえよ」

どん、と席に座ると、店主が麦湯を持ってきた。

「見ない顔だね。初めてかい？」

「おう。日暮里は滅多《めった》に来ねえな」

金四郎が答えると、店主が大きく頷いた。

「あんた、今日家の敷居をまたぐとき、左足からまたいだだろう」

「いや、覚えてない」

「いや、またいださ。だってあんたついてるからな」

「そうなのか？」

「うちはこのへんじゃ一番の団子屋だ。というか、うち以外の団子屋ははずれといってもいい。そのツキは、左足から敷居をまたがないと消えちまうんだ」

「わたくし、左足からでした」

けいが思わず言う。

「お。お嬢さん、わかってるねえ」

店主が嬉しそうに言った。

「え、いや、そんなこと覚えてるのか？」

金四郎が戸惑ったような声を出す。

「当然です。朝、どちらの足から踏み出すかは、その日の運を左右するんですよ」

「そうなんですよ、旦那。まあ、うちの団子を食ってツキを感じてください」

店主が行ってしまうと、金四郎がため息をついた。

「これで不味《まず》かったなら、どうするんだろうな」

ほどなくして、店主が団子を六本持ってきた。

「一本はおまけだよ。二十文だ」

金四郎は二十文を払うと、団子に嚙《か》みついた。食べる、というよりも「嚙みつく」というほうがぴったりな勢いである。

「む。たしかに美味い」

金四郎が唸った。

けいも食べてみる。団子はしっとりとして、歯ごたえはあるが固いわけではない。団子の弾力に気持ちよく歯が押し戻されるが、すぐに嚙み切れた。

塗ってあるのは生姜《しょうが》醬油だった。生姜の香りが団子にいい風味を添えている。

団子の脇に黒砂糖の入った皿が置いてあって、これで甘くしろということらしい。

生姜醬油を塗った団子に黒砂糖をつけると、甘さと塩辛さがちょうどよく混ざり合って、癖になる味だった。

「こいつは、味もだが、とにかく団子の生地《きじ》が美味い。よくわからないが工夫してあるな」

たしかに、生地からもなにやらいい香りがしてくる。

あっという間に二本食べてしまう。その間に金四郎は四本平《たい》らげて、このあとはどうしたものかという顔になっている。

「もう一本いっとくか？」

「わたくしはもうこれで充分です」

食べられないことはないが、金四郎は王子でなにか食べたそうにしている。それに付き合うとすると、ここで食べすぎるのは避けたほうがよさそうだ。

「そうか。俺もやめておくかな」

「いえ。金さんは食べてください」

「なんでだ？」

「今日は七福神の七が縁起がいいから。団子も七本にしましょう」

「おけい……』

「はい？」

「いや、なんでもない。もう一本食べよう」

金四郎は、もう一本団子を頼んだ。

「それで、なんの縁起なんだ？」

「縁起評判記によると、今日は布袋《ほてい》様の日なんです。布袋様は七番目の神様ですから、七が縁起がいいんです」

開運の神様だし、今日金四郎と王子に出かけることになったのも、きっと布袋様のお導きなのだと思う。

だから、今日は七にこだわるのがよさそうだ。

金四郎のところに団子が運ばれてきた。小さな団子が串に七個ついている。団子屋の団子は通常四個だ。団子四個で四文。五個の店なら五文。

ただ、小さな団子が七個というのは例がない。

「四文で」

店主が涼しい顔で言った。

「この七個ってのはなんでえ」

「今日は七が目出度《めでた》い日なので。七本目の串を頼んだ人には、こうしているんです」

「布袋様の日ですものね」

「はい、お嬢さん」

金四郎は大人しく団子を一個かじってから、串をけいのほうに差し出した。

「この大きさなら一個くらい食えるだろう」

「ありがとうございます」

言ってから、はっとする。

ひとつの串の団子を二人で口にするというのは——。

夫婦《めおと》の証《あかし》ではないだろうか。

これはもう、そうそうに押しかけ女房見習いを卒業。いや、すでに「押しかけ」も外してしまってもいいのかもしれない。

「い……幾久《いくひさ》しくお受けいたします」

言ってから団子をかじろうとすると、金四郎が串を引っこめた。

「幾久しくってなんだ？」

「だって、同じ串から団子をかじるなら、もう夫婦ではないですか？」

「そうなのか？」

「金さんは、全然知り合いではない女の人とでも同じ串から団子を食べますか？」

「む。たしかにしねえな」

「でしょう。それにもう三三九度《さんさんくど》をしたではないですか」

「柳陰《やなぎかげ》（みりん）を飲んだだけだろう。あれは三三九度じゃねえよ」

金四郎はあくまで突っぱねる気らしい。だが、けいもここで引くわけにはいかない。ひとつの串の団子を二人で食べて、ただの知り合いというわけにはいかない。堀田家四千石の娘として、そのようなふしだらを認めるわけにはいかないのだ。

「わたくしに、ふしだらを働けとおっしゃるんですね？」

「ふしだら？　団子だぜ？」

「いいです。金さんがそうおっしゃるなら、同じ串の団子を口にしても夫婦とは申しません」

金四郎はどうしようか、という表情を見せたが、けいのほうに団子の串を差し出してきた。

「わかった。そのふしだらっていうので頼むわ」

「はい！」

金四郎の串から団子を食べると、生姜の香りに混ざってなにやら香ばしい風味がふわりと口の中に入ってくる。

「これ、蕎麦の香りですね。蕎麦粉が混ざってるんでしょうか」

「言われてみるとそうだな。でも蕎麦粉って感じはしないな」

金四郎が首をかしげる。

「蕎麦湯ですよ。粉を練るときに蕎麦湯を使ってるんです」

いつ現れたのか、店主が後ろに立っていた。

「それで団子に香りがついてるんですね」

「うちは蕎麦がきも扱ってますから。最近は蕎麦切りに押されてますけどね。蕎麦の香りは蕎麦がきのほうが強いです」

それから店主が、けいに七羽の折り鶴を渡してきた。

「これはおまけです。不運を食べてくれますよ」

「ありがとうございます。また寄らせていただきますね」

けいは店主に頭を下げた。

金四郎と一緒に店を出ると、ふたたび手をつないで歩きだす。少し金四郎との間が近くなったような気がして気分がいい。

日暮里は景色はいいがひなびた町で、畑と林が広がっている。王子が近づいてくるにつれて様相《ようそう》が少しずつ変化してくる。

もちろん畑が多いには変わりないのだが、料理屋の数が次第に増えてくる。飛鳥山《あすかやま》のあたりまで来ると、町が料理屋でできているといっても過言ではないくらいに料理屋が建ち並んでいた。

飛鳥山から王子権現にかけて、大小多くの料理屋に、屋台が出る。このあたりは花街でもあって、芸者の姿も多かった。

「賑やかな街ですね。賑やかというよりも華《はな》やかというべきでしょうか」

「おう。深川《ふかがわ》なんかとは違う華があるんだ。奉行所に睨まれていないせいか、のびのびやってる感じはあるな」

「奉行所に守られてなくて平気なんですか?」

「タチの悪い連中が増えすぎると、人が来なくなるからさ。町の連中で腕っぷしの強いのを集めてなんとかしてるんだ」

たしかに人が来なくなるのは一番避けたいだろう。奉行所の力が及ばなくても、自分たちで守っていることに、けいは感嘆した。

「それにしてもどんな店なんだろうな。居抜きでいいところを見つけたと言っていたが。おんぼろじゃないといいけど」

「店を見もしないで請人になったんですよね」

「そう言うな。いけそうな気がしたんだ」

金四郎が、もう追及しないでくれ、という表情になる。たしかに追及してもなにも変わらないから、けいとしては良さそうな店であることを祈るしかない。

「だがよ。今回は本当に面目《めんぼく》ねえな。こんなことでころっと乗せられるようじゃこの先は駄目だ」

「では、先にわたくしに相談してみるのはどうでしょう」

「そうだな。そうすらあ」

金四郎があっさりと答えた。

なんとなく妻として認められたようで嬉しい。

歩いていくと、一軒の小ぶりな料理屋に辿り着いた。

「うだつ屋」と書いてある。店の名前からすると洒落《しゃれ》っ気《け》のある店のようだ。

「うだつ」というのは防火壁の一種で、家と家との間に作って火事の延焼を防ぐ。

少々お金がかかるので、「うだつを上げる」というのは頑張って金を稼いでいる人の象徴だ。

反対にちゃんと稼げてないと「うだつが上がらないやつ」と言われてしまう。だから「うだつ屋」という名前をつけるのは「よく揚がっている」という自負心からだろう。

「案外いい店じゃねえか」

金四郎は店に入った。あとに続いて入る。予想と違って店の中は綺麗であった。造りとしては上品である。客は誰もいなかった。店主が渋い顔をしている。

「おう、景気悪そうだな。天一さん」

「悪いんだよ、金さん」

天一がむすっとした顔をする。歳のころは三十歳ほどだろうか。美男子とは言わないが、印象は悪くない。真《ま》面目《じめ》そうというかひたむきな顔をしている。

「そっちがおけいさんだね。はじめまして。よろしく」

天一がけいに頭を下げる。

「よろしくお願いします」

けいも頭を下げた。それから疑問を口にする。

「どうしてわたくしがけいだとわかったのですか？」

「金さんが別嬪を連れてれば、おけいさんだって思うでしょう」

天一はあわてた様子もなく言った。しかし、天一は賭場《とば》で金四郎に会っただけで友人なわけでもない。察するにしても察しすぎだろう。

しかしこれだけでは勘がいい、ですまされそうだった。

「そのうち所帯を持つのかい」

「まあ、そんな感じだ」

金四郎が話を合わせる。

「所帯？」

「こちらが屋台の天ぷらですよ」

そう言うと、天一は別の天ぷらを出してきた。

四角く切ってあるものが揚がっている。嚙みしめると、しっかりした旨味が口の中に広がった。歯ごたえもあるが、揚げてあるので口の中でさくさくと嚙み切れる。

「これはなんですか？」

「蛸です。江戸で天ぷらといったらまずは蛸ですね。上方《かみがた》だと魚を練ったものを揚げてます。はんぺいって言うんですよ」

それから、天一は次々と揚げていく。

小鰭《こはだ》、スルメ、バカ貝、筍《たけのこ》、茄子。揚がってくるのはどれも安価な素材を使ったものばかりだ。しかし椿油でからりと揚がっていると、なんともいえず美味しい。

「これは美味いな」

金四郎が唸《うな》る。

「これは屋台の上物《じょうもの》って感じですね。料理屋の天ぷらではないですがね」

「料理屋も天ぷらを出すんですか？」

けいは思わず聞き返した。

「出しませんよ。料理屋の料理じゃないですからね。料理屋で出しても、胸を張れるような天ぷらという意味です」

天一は、天ぷらが地位の低い「駄物」であることに我慢ならないようだった。

「ではこれを」

そう言って出てきたのは鯛《たい》の天ぷらだった。鯛の切り身をうまく揚げてある。ほっこりとした甘みは、焼いたときよりも上品な気がした。

次に出てきたのは小ぶりの海老である。芝《しば》海老を串に刺して揚げてある。頭はとってあるが、殻《から》ごとさくさくと食べられる。

「おいおい。さすがにこれは麦湯じゃねえだろう」

金四郎が不満をもらす。

「すいやせん」

天一があわてて徳利《とっくり》を金四郎の目の前に置いた。

「冷やでどうぞ」

猪口《ちょこ》もふたつ置かれる。

天一は天ぷらを揚げるのに集中したいらしく、けいたちに構う気持ちの余裕はないように見えた。

芝海老の天ぷらを天つゆにつけると、今度は生姜を口に入れる。海老の殻がこれほどまでに味わい深いものだとは想像したこともなかった。

天ぷらのあとに酒を口に含むと、酒が海老の旨味を押し上げる。甘露《かんろ》とはまさにこのことだという感じである。

「どうですか？」

「すごく美味しいです。なぜお客さんがいないのかわかりません」

「そこをなんとかしたいんですよ」

食べてから相談を受けたなら、繁盛間違いなしと思うような味だった。ただ、天ぷらの店というものを誰も知らないのでは繁盛のしようもない。

「これがうちの店の売りになると思うんだよ」

天一が、まな板の上でなにやらタネをまとめている。そして、まな板の上を滑《すべ》らせるようにして鍋の中にタネを入れた。

しゅわっ、という音がする。それからその音が小さくなって、しゅるるる、というような音になった。

しばらくして、目の前にせんべいを大きくしたような天ぷらが来た。

「はいよ、かき混ぜ揚げだ」

熱い天ぷらを口に入れる。海老と葱《ねぎ》、そして貝が入っている。

「美味しい！」

けいが言うと、天一は自慢気な顔になった。

「こいつは俺の自慢でね。これをうまく揚げるのは素人《しろうと》には無理なんですよ」

たしかに、普通の天ぷらよりも難しそうだった。口の中で、三つの味がよく混ざって美味しさを重ねる。

「こいつは癖になりそうな味だな」

金四郎も唸った。

「では、食事を召し上がってください」

天一は言うと、二人の目の前に丼を置いた。丼飯の上に油揚げが載っている。

「これはまかないでね。本来お客さんに出すものじゃないんですが、なかなか美味いんですよ。金狐飯《きんぎつねめし》って呼んでます」

「たしかに綺麗な金色ですね」

「豆腐の水気を切って、椿油で揚げると普通の油揚げよりもいい色になります。飯にぴったりなんですよ。これは醬油で召し上がってください」

油揚げは食べやすいように細切りになっている。一口食べると、豆腐と飯だけの組み合わせなのに、口の中に直《じか》に旨味を突っ込まれたような感じがする。

正直いって上品とは言い難いし、武家として暮らしているなら味わうようなことのない食べ方でもある。

「さっきの大根おろしが残っていたら、ざぶっとかけてください」

言われるままに飯にかけると、思わず声が出るほど美味しい。たぶんこれは、揚げ油そのものの味なのだろう。

「すごいな。顔を殴られたような美味さだ。深川あたりでも人気が出るだろう」

「江戸では店は出せませんよ。火事の危険が大きいので屋台だけなんです。王子はご府内ではないので、ぎりぎりお目こぼしです」

「金さんから聞きました。それで天ぷらの店というものを聞いたことがないんですよね」

けいが言った。

「ええ。ちゃんとした料理屋として認められるには時間がかかりますよ」

「ところで、最近このあたりで狐が人を化かすらしいな」

金四郎が金狐飯を頬《ほお》張《ば》りながら尋ねる。

「さすがに金さんは耳が早い。王子だけに狐たあ参ります」

天一が苦笑した。

王子には装束榎《しょうぞくえのき》という大きな榎があって、関東一円の狐が集まって祭をするという言い伝えがある。今回の犯人はそれにあやかったのだろう。

「おかげで、うちの店含め天ぷら屋は迷惑してるよ。追いはぎじゃねえかってい うんで、ただでさえ少ない客がますます寄りつかない」

けいは、天一の話を聞いて思ったことがあった。

「狐に化かされた人がいるというなら、かえって好都合かもしれません」

「好都合？」

「悪い評判を聞いて天ぷらに興味を持つ人もいるでしょう。悪いことばかりではないと思います。噂にならないと繁盛しないのが世の常です。いっそ、狐の正体は天一さんだって噂が出たほうがいいくらいでしょう」

「それはそうだな」

天一が納得したような顔になる。

「思ったよりあこぎなことを考えるじゃねえか」

金四郎が笑った。

「だが、いい方法だな。なにはともあれ、お前の天ぷらが美味いのはわかった。俺も請人としてなにか考えてみる」

そう言うと、金四郎は立ち上がった。

第三章

「なんとかなるかな」

天一が心配そうに言う。

「ここでなんとかしねえってわけにもいかねえだろう。まあ、まかせておけ」

金四郎が答える。

「ありがてえ」

「だが、狐《きつね》に化《ば》かされるっていうのはなんだろうな」

「なんでも狐の面で顔を隠した女に声をかけられてついていくと、えらく別嬪《べっぴん》な芸者らしいんでさあ」

「しかしよ。店の場所も含めて、なにかしら覚えてるだろう」

「駕籠《かご》で連れていかれるらしくて、場所はわからないようです」

いくら泥酔《でいすい》しても、記憶が完全になくなるほど飲むものだろうか、と不思議にも思うが、被害者が出ているのなら事実なのだろう。

「ただ、天ぷらの味は素晴らしいみたいですよ」

「でも、天ぷらの味だけ覚えてるっていうのも不思議ですね」

けいは首を傾《かし》げた。

「まあ、でもこの店には狐のご利益《りやく》はねえってことだな」

金四郎が苦笑した。

「それもあるんですけどね。座敷で天ぷらを出して、それでなおかつ美味《うま》いっていうのがわからねえ」

天一が、目の前の鍋を指さした。

「天ぷらっていうのは少しでも冷めたらもう美味くない。座敷なんかに天ぷらを運んでる間に不味《まず》くなっちまうからな」

料理屋というのは、座敷の客まで運ぶのにどうしても時間がかかる。料理ができた、さあどうぞ、というわけにはいかないのである。

おまけに客のほうも話をしたり酒を飲んだりしているから、熱いものを熱いうちに食べるというわけにもいかない。

だから座敷で出す以上は、ものすごく美味《おい》しい天ぷらは期待できないらしい。

「屋台は安いから油もタネもいまいちでね」

どうやら、天一は狐の正体も気になるが、揚げている天ぷらのほうも気になるらしかった。

「それもそうだな。なんだか不思議な話だ」

「金さんが狐に引っかかれば、なにかしら手掛かりが得られると思うんですがね」

天一が肩をすくめた。

「気楽に言うな」

「でも気になるでしょ?」

天一に言われて、金四郎が顎《あご》に右手を添えた。気にはなるらしい。

「狐の美人としっぽりと、ってのも乙《おつ》じゃないですか?」

天一が笑顔で言う。

「そんなに美人なのかい?」

「身ぐるみはがされた連中がお上《かみ》に訴え出ないのは、たしかに金ははがされたが、それに見合ったいい思いをしたからだってことらしいですよ」

「そんなにいい思いをしたのかい？」

「すごいらしいです」

「待ってください」

けいが間に割り込んだ。

「天ぷらの話になぜ美人が出てくるのですか？」

言ってから、これは余計だったと我に返った。美人という言葉に思わず反応してしまったが、あくまで金四郎の領域だ。

本物の女房でも出過ぎなのに、押しかけ女房見習いでは不躾《ぶしつけ》が過ぎる。

けいはあわてて口を閉じると、笑顔を作った。

「美人が揚げると味がよくなるんですか？」

「美人と味は関係ないさ。でも、お酌《しやく》は美人のほうがいいな」

天一が真顔で言う。一瞬不機嫌そうな表情になったのは、天ぷらを揚げることに美人をからませたからに違いない。

職人として、腕と容姿は関係ないと言いたいらしい。

「あの……わたくしはお邪魔ですか？」

話の内容からすると、金四郎一人のほうがいいに決まっている。とはいっても、ここから一人で帰るのは心細かった。

「今日のところは一緒に帰ろう。明日また、一人で来る」

金四郎はそう言うと、けいの手を引っ張った。

「ごちそうさまでした」

天一に挨拶《あいさつ》すると、天一は笑顔で手を振った。

店を出て、声が聞こえないだろうというあたりに来ると、けいは頭を下げた。

「出過ぎたことを言って、すみませんでした」

「ああ。美人の狐な」

「つい妬《や》いてしまいました」

「気にするな。俺は女には引っかからないからな」

金四郎はさらりと言った。その言葉には安心できる。

「それにしても狐の面か」

金四郎が渋い表情になった。

「比丘尼宿《びくにやど》って線があるな」

「それはなんですか？」

「いや、知らなくていい。忘れてくれ」

金四郎の言葉からすると宿のようだ。もしかしたら船宿よりも少々柄《がら》の悪い宿なのかもしれない。

あとで彩に聞いてみようと思いつつ、金四郎に手を引かれて歩く。

日が暮れかけると、王子の様子は昼間とはずいぶんと変わってくる。煮売り屋や団子屋が引っ込んで、かわりに酒の店が現れる。

屋台の店も酒を扱うし、料理屋の提灯《ちょうちん》がきらきらと輝いている。王子は町全体が料理屋の町といってもいいほどに賑《にぎ》わう。

町奉行の目が届かないからこその繁華な様相《ようそう》である。浅草の喧騒《けんそう》とは違って、宵闇《よいやみ》がよく似合う賑やかさだ。

それだけに、女には少々危なくもある。

金四郎に手を引かれて舟八に戻ると、彩が飛び出してきた。

「ご無事だったんですね」

「大げさね。王子に行っただけではないの」

「江戸から一歩足を踏み出したら、どんなものが出るやら。ましてやこんな大きな虫をしょいこんで」

彩は金四郎を軽く睨《にら》むと、取り返すかのようにけいいの体を自分のほうに引っ張りよせた。

「店のほうは大丈夫だった？」

「大丈夫です。お客様には好評でしたよ」

どうやら、けいのいない間になにか仕掛けを入れたようだった。

「この娘さんは本当にすごいね。これは本当に板前を増やさないといけないよ」

梅がほくほく顔で迎えに出てきた。

「彩はなにを仕掛けたんですか？」

思わず聞く。

彩が説明してくれる。

定食屋の料理は、一種類か多くても二種類である。毎日変えるといってもやはり大きく変わったりはしない。

そうするとどうしても客は飽きてくる。気持ちだけでも変わると飽きずに食べられるのだが、なかなか難しい。

そこで、彩は「赤」と「白」の二種類の献立《こんだて》を作った。といっても料理自体は同じものである。今日に関していえば、鯊《はぜ》を蒸したものと豆腐《とうふ》、沢庵《たくあん》、筍《たけのこ》の煮たものであった。

赤は、醤油《しょうゆ》と薬研堀《やげんぼり》を使ったぴりりとした味つけ。白のほうは醤油を使った甘いタレをかけてある。

筍にも、赤は芥子《からし》を、白は黒砂糖を添えてあった。江戸っ子は砂糖が好きだ。魚を煮るにしても、みりんを使うよりも、砂糖を利《き》かせて煮る。

基本的に、ぴり辛味、甘辛味といったものが好まれて、京風の繊細な味などは江戸では全然受け入れられなかった。

今回彩は、ぴり辛と甘辛の二種類の味つけを準備したわけだが、タレの形にしているから手間はかからない。

さらに、事前に赤い千代紙と白い千代紙を客に配っておき、代金を先にもらうようにしたらしい。

客が食事を済ませたあと、代金のやりとりをする時間は案外かかる。先に千代紙を渡して料金を受け取っておけば、かなりの時間を節約できるのだ。

船宿で食事をする場合、代金は食台の上に置く。それを店の人間が拾い上げるのが普通だ。しかし、彩は並んでいる客から代金を受け取るから、わずかだが手が触れる。それが、客にとっては衝撃的なくらいの魅力があったらしい。

「お金を受け取るだけ、ですよね」

「いいですか。お嬢様のような方と手が触れるなんて、ここに来る客は七たび生まれ変わっても経験できません。ここの代金はもはやお布施《ふせ》ですね」

彩が堂々と言う。

「明日からはそのつもりで、甘い顔を見せずにいきましょう」

「二人のおかげで、うちは大繁盛《だいはんじょう》だよ」

梅が嬉《うれ》しそうに言う。

あきらかに彩のおかげなのだが、けいのことも持ちあげてくれるあたりは、梅の気配りだろう。

「あ、そうそう。比丘尼宿ってどんな宿かご存じですか?」

けいはふと気になったことを聞いた。彩や梅なら知っている気がしたのである。

その瞬間、彩の表情が強張《こわば》った。

「誰が行くんですか?」

「金さんですけど。そうですよね?」

振り返ると、一緒に戻ってきたはずの金四郎がいない。

「あら。どこに?」

「逃げたわね」

彩があきれたような声を出した。

「なにか悪いことを言ったのでしょうか?」

けいは思わず心配になった。どうやら金四郎の印象を悪くしたらしい。

「あの……安い宿のことではないのですか?」

「女を買う店ですよ。しかも、特別な衣裳《いしょう》の女をね」

「衣裳?」

彩がため息をついた。「比丘尼宿」というのは、尼《あま》の恰好《かっこう》をした女が客の相手をする宿である。もともとは尼だけだったのが、最近さまざまな恰好をする女が現れているらしい。

一番人気は武士の妻で、それから巫女《みこ》。花嫁衣裳なども人気のようだ。要するに部屋の中で小芝居《こしばい》をして楽しむという趣向らしい。

「ああ、それで……」

つまり、店の中で狐ごっこをしていたということなのかもしれない。

「まったくなんて男なんでしょう。よりによって比丘尼宿とは」

彩が苛々《いらいら》した様子を隠そうとせずに言った。

「誤解です、彩。金さんは客として行くのではなくて、調べ物があるのです」

「比丘尼宿なんかでなにを調べるのですか」

彩に聞かれて、けいは狐の噂のことを話した。彩は静かに聞いてから、納得したように頷いた。

「なるほど。それは誤解でしたね。王子で狐とは、バチがあたりそうですね」

「まったくです。お稲荷《いなり》様が怒りそうです」

「それにしても、天ぷらと狐というのが気になりますね」

「たたりが？」

「違います。狐と天ぷらに関係があるとすれば、油揚げでしょう。天ぷらと言っていても油揚げのことかもしれません」

けいは、今日食べた金狐飯を思い出した。たしかに、油揚げも美味しいには違いない。ただ、天上の美味とまではいかない気がする。

「狐の美女と天ぷら。わたしも調べてみたいです」

「金さんの力になってくれるのですね」

「儲《もう》かりそうです」

彩がきっぱりと言った。

「儲かる？」

「はい」

　彩が笑顔を見せた。

「お金が儲かるっていうこと？」

「そうですよ」

　彩がこともなげに言う。いったい天ぷらや狐が商売にどう結びつくのか見当もつかない。ただ、舟八での働きぶりからしても、彩には天賦《てんぷ》の商才があるに違いなかった。

「金四郎という男に対して、わたしは好感を持っておりません。お嬢様にふさわしい男かどうかはしっかり品定めします。ただ、追いはぎを捕まえようというのであれば、それはいいことでしょう」

　どうやら、一方的に金四郎を追い払う方向ではないらしい。それなら金四郎のよさを理解してもらえばいいだけだ。

「なにかすることはありますか？」

「とりあえず舟八で働きましょう。金さんがなにか相談を持ってくるでしょう」

「そうですね」

答えてから、彩がいれば自分はいらないのではないか、と少し不安になる。

「わたくしはこのままここでお手伝いをしていてもいいのでしょうか?」

口に出して梅に聞いた。

「もちろんだよ。いったいなんの心配をしてるんだい」

「だって、彩がいればわたくしなんていらないでしょう?」

「そんなことはありません」

彩がきっぱりと言った。

「わたしだけでは店はさびれます。お嬢様がいるから、わたしに価値があるのです」

「なぜ」

「わたしには無駄がないからですよ」

「いいことじゃない」

けいが言うと、彩は首を横に振った。

「無駄がない人間なんてつまらないだけです。わたしは欠点が見当たらないので可愛《かわい》げがないのです。なんでもそつなくやりますからね」

なんの気負いもなく彩が言う。たしかに彩が失敗しているのを見たことがない。頼もしいとしか思ったことはないが、可愛げがないともとれるのかもしれない。

つまり、失敗が多くて頼りないけいは愛嬌《あいきょう》があるということだ。

褒《ほ》められているのか、けなされているのかわからないが、とにかく居場所はあるらしくて安心する。

「もうこんな時間ですから、お風呂に入ってお休みになってください」

今日もいろいろあって疲れた。けいは彩の言う通りにさせてもらうことにした。

「そうさせてもらいます」

けいはゆったりと湯に浸《つ》かりながら今日のことを整理する。金四郎が新たに探っているのは追いはぎ事件らしい。しかし、なぜ狐なのだろう。

王子が狐で有名というだけでは釈然としないものがある。

この事件には、犯罪以外になにか目的があるように思われた。

それにしても、どのような人が引っかかるのだろう。金四郎は相手のお眼鏡《めがね》にかなうのだろうか。

いずれにしても今回は出番はなさそうな気がする。金四郎と事件を解決するのは楽しそうだが、いくらなんでも無茶だろう。

湯から上がると、一人で部屋に戻った。彩は手伝いには来るが、住み込みではない。近所に部屋を借りたということだった。どうやら、知り合いの商家の一室に間借りしたようだ。

布団《ふとん》に入って目を閉じると、思ったよりも疲れていたらしく、すぐに意識が遠くなった。

目がさめると、隣の布団で金四郎が眠っている。どうやら夜のうちに帰ってきたらしい。

下に降りると、もう彩がやってきていた。梅となにやら話している。手に小さな狐の髪飾りを持っていた。

「その髪飾りは？」

「わたしとお嬢様がつけるのです。赤い狐と白い狐。可愛いでしょう？」

狐の面をかたどった髪飾りで、たしかに可愛い。

「赤と言われたらお嬢様が。白と言われたらわたしが代金を受け取ります。かわりに千代紙を渡してください」

「じゃあ、今日の献立を用意しようかね」

梅がいそいそと厨房《ちゅうぼう》に向かう。

「朝、お客さんと同じものを食べておけば、なにか聞かれても答えられるので、今後そうしようと提案したのです」

彩が語る。

「たしかにそうね。自分で食べていないものを出すのも問題よね」

梅が持ってきたのは鯔《ぼら》を蒸したものだった。

赤のほうは、たっぷりの大根おろしと刻んだ生姜《しょうが》が添えてある。醬油を入れた皿が別にあって、かけるのではなくて醬油をつけて食べるようになっていた。

白のほうは、甘くしたタレをかけてあって、葱《ねぎ》と芥子《からし》が添えてある。

付け合わせは大粒の梅干しと、軽く湯で温めた豆腐《とうふ》である。それに納豆の味噌《みそ》汁《しる》という塩梅《あんばい》だ。

甘いタレと芥子は驚くほど相性がいい。鯔の濃厚な味をよく受け止めている。旬ならではの魚の甘みが口の中をくすぐった。これならたしかに毎日でも通いたくなるに違いない。

「なんだかいい匂《にお》いがするじゃねえか」

金四郎が上から降りてきた。

「俺にもくれねえか」

梅が、金四郎にも食事を用意する。金四郎は赤のほうを選んだ。

「おっ。こいつはいいな」

噛《か》むというよりも飲むような勢いで飯を食べながら、けいの手にする狐の髪飾りに目をとめたようだった。

「その髪飾りはなんでい」

「彩が持ってきてくれたんです。可愛いでしょう」

「狐か……」

金四郎はなにやら思うところがあるらしい。けいは、昨日考えた疑問をぶつけてみることにした。

「金さん、わたくし、少し不思議なのですけれど」

「なんだ？」

「美女と狐と天ぷらの追いはぎ事件なんて、すごく目立つでしょう？　いくら町奉行の管轄の外といっても、追いはぎが目立ってはまずいのではないですか？」

「うん。そこなんだがな」

金四郎が腕を組んだ。

「江戸ならもう町奉行の耳に入るころだが、王子だからな」

「町奉行はなにもしないのですか？」

「ここは八州廻《はっしゅうまわ》りで勘定方《かんじょうがた》の管轄だ。町奉行ほどしっかり取り締まられるわけじゃない。人が死んだならともかく、届けもないなら無視だな」

町の人が自分で解決するしかないようだ。

そのとき。

「忘れていました、お嬢様。着替えをしてほしいのです」

彩が声をかけてきた。

「着替え？」

「ええ。店に出るときの着物をしつらえてきました」

言われるままに着替える。彩が用意したのは、白地に赤い狐の面に菊の花をあしらったものだった。

「これも可愛いわね」

「わたしも同じ柄を用意しました」

彩のほうは、朱色の地に白い狐の面と菊をあしらったものである。二人で並ぶと完全に一対になるように作ってあった。

「おそろいね」

「はい」

彩とおそろいはなんとなく嬉しい。

そう思ったとき、少々手際がよすぎる、とはっとした。よく考えなくても、突然狐の柄の着物が湧いて出るわけではない。

昨日狐の話が出て、今日狐の着物ができるというのはあり得ない。

「この着物はいつ準備したのですか？」

「ひと月前です」

「そんなに前？」

「そうですよ。他にも町娘らしい着物を多数しつらえてあります」

彩はこともなげに言った。

「いま思いつきました」という顔をしていたが、千代紙の案など、さまざまな腹案をあらかじめ用意していたということだ。

「なぜこのような案を用意していたの？」

「お嬢様が家を出られてからずっと、いつかは側《そば》でお支えしようといろいろ考えていたのです」

けいが金四郎のもとに押しかけてから彩が来るまでのひと月ほどの間に、入念に準備をしていたらしい。さすがとしか言いようがなかった。

「でも、なぜ狐なの？」

「店を繁盛させるのは女狐《めぎつね》ですから。縁起《えんぎ》をかついだんです。柄は他にもたくさん用意してありますよ」

話している間にすっかり着替えも終わったので、二人そろって金四郎の前に出ることにした。

「へえ。すげえな」

金四郎が驚いたような顔をした。

「これは店がますます繁盛するだろうよ」

「美人に見えますか？」

「見えるっていうか美人そのものだ」

梅も、大きく頷いた。

「うちの店はますます繁盛だね」

「じゃ、俺はちょっと出かけてくるわ」

金四郎はさっさと出て行ってしまった。

「また王子ですね。少しは店を手伝ってもいいのに」

彩が不満を口にした。

「金さんにも用事があるんだから仕方ないでしょう」

「お嬢様にだけ働かせて、ふらふら遊んでるような男はヒモっていうんですよ。まったくタチが悪い」

「でも、わたくしは金さんの妻になりたいのです」

「わかっていますよ。だから、この宿の地位を不動のものにして、お嬢様もあの金四郎もまとめてわたしが養います」

「ありがとう」

けいは思わず礼を言った。彩は男らしいというか、すがすがしいというか、けいのことを守ろうとしてくれていることはわかる。

「では、店に出ましょう」

彩にうながされて店をのぞくと、開店前なのにもう行列ができている。

「食べ物屋というよりもお参りですね」

彩がくすりと笑う。

「なにをお参りするの？」

「おけい稲荷ってところじゃないですか？」

「わたくし？」

「行列に手を振ってみればわかります」

彩に言われるままに手を振ると、行列がどよめいた。少なくとも、けいを目当ての客はいるらしい。

「では行きますよ」

彩にうながされて、並んでいる客に千代紙を渡しにいく。

「白ですよ、白。白、いないですか」

声を上げると、行列の人々から声が上がる。

「白だ！　白！」

声をかけてきた人には白い千代紙を渡して、かわりに銭をもらう。舟八の食事は二十四文だから、四文銭六枚ということが多い。

庶民の世界に金や銀はまず登場しない。小判は一枚で四千文もする。一分や一朱でも、使うことはほぼないと言ってもいい。

庶民の主力は圧倒的に四文銭である。江戸の値段は四文単位が多い。蕎麦《そば》にしてもなににしても、四で割り切れる値段が多かった。

銭六枚とはいえ案外重いから、数えると前掛けの中に入れることにしていた。客は、銭をけいの手に載せるか、自分の手の上から銭を取ってもらうかである。どうも客にはそれが嬉しいらしい。楽し気《げ》に銭を渡されると、けいとしても気分がよかった。

白と赤はだいたい半々くらいの割合で売れているようだ。千代紙をある程度売ったところで料理ができてくる。

千代紙を売るのと、料理を運ぶのとで目の回るような忙しさである。客たちの滞在時間は短い。金四郎と同じで、飲むような勢いである。そしてすぐに席を立ってしまう。

すぐ食べて、すぐ席を譲る、という感じであった。

時間がどのくらいたったのかもわからないくらい働いているとき、ふっとどこからか視線を感じた。

だが、一瞬のことですぐに頭からは消えてしまった。

あっという間に、用意した飯もおかずもすべてなくなってしまった。まかないの食事まで全部客に出してしまう有様である。

「もうまかないもないから、これを食べておくれ」

梅が持ってきてくれたのは、団子《だんご》とも牡丹餅《ぼたもち》ともつかぬものだった。炊いたご飯を潰《つぶ》して丸めたものに、味噌を塗って軽く焼いてある。そのうえに刻んだ葱を散らしてあった。

軽く焦《こ》げた匂いがいかにも美味しそうだった。口に入れると、焼いた味噌のなんともいえない味と香りが広がる。

「美味しい！」

疲れた体に味噌が染《し》み渡るような気がする。

「これは素朴ですが、いいですね」

彩も頷く。

二人で食べていると、不意に一人の男が横に立った。

「少しいいですか？」

「よくありません」

彩が即答した。男が苦笑する。

「話も聞かずに断りますか」

「だってカタギじゃないでしょ？」

彩が確信を持った様子で言った。

「どうしてそう言えるの？」

けいが聞くと、彩が男の手を指さした。

「これはカタギの手じゃあないです」

「綺麗《きれい》な手じゃない」

けいは男の手をまじまじと見た。すべすべした手である。なにをもってカタギではない、と言えるのかがわからない。

「綺麗すぎです」

彩がきっぱりと言った。

「いいですか。江戸の町は、武士以外となるとまずは商人。それから大工やとび職などの野職でしょう。あの人たちはごつごつしたいい手をしています。商人も、なにを扱っているにしてもこまごまと手を動かしているでしょう。こんな綺麗な手をしているカタギなんていないです」

「若旦那ってこともあるかもしれませんよ」

男がにやりとする。その笑顔を見て、たしかにカタギではない気がした。なんというか、笑顔に微妙に陰がある気がする。

まっすぐに生きてる人の笑顔は屈託《くったく》がない。目の前の男は、笑うときに少し唇がつり上がって、そこに陰を感じる。

それに目は笑っていない。笑うようなふりをして、じっとけいと彩を観察している気がする。

「話くらいは聞いてもらってもいいですか？」

男に言われて、けいは頷いた。いったいどんな話をするのか興味がある。それに、けいたちが狐の装《よそお》いをしたその日に現れたのも気になった。

「話がわかるねえ、お嬢さん」

男は、舟八の空《あ》いている席にどっかりと座り込んだ。ちらりとあたりを見回す仕種《しぐさ》になんだか隙がない。金四郎もいろいろなものに目を配っているが、それとはあきらかに違う、なにかを警戒しているような目つきである。

「ご用向きはなんでしょう？」

「いえね。お嬢さんたちの狐の姿があまりに似合ってるんで、声をかけたくなったんですよ」

まさか、追いはぎ狐の狐役を頼まれるのだろうか。そう思いながら、今日の占いはなんだっただろうと思い返す。

占いだと今日はかなりついている日のはずだ。ここは男の誘いに乗ってみてもいいのではないだろうか。

「狐の姿で働かないか、などということはないですよね？」

「ご名答。頭がいいねえ。お嬢さんは」

「お名前を教えていただいてもよろしいですか？」

「平次《へいじ》って言いますよ」

これは偶然ではない、とけいは思った。いくらなんでも、昨日王子に行って、今日声をかけられるのはおかしい。

ということは、昨日金四郎と王子に行ったことを知られているということだ。最初からつけられていたというのは考えにくい。天ぷら屋の天一が誰かに話したか、そもそもあの天ぷら屋が見張られていたか、ということになる。

目の前の平次という男は、なにか知っていそうな気がした。ここは話を聞いておくのが吉だろう。思わず彩と目を見合わせた。

「話を聞いてもいいですけど、ただ働きということはないですよね」

「金でしたらたっぷりと弾《はず》みますよ」

男がけいをどう思っているのかは知らないが、金で釣れると思ってはいるようだった。もし昨日からつけているなら、けいは遊び人と連れ立って王子に行って、船宿で働いている女ということになる。

それなら金で転ぶように見えるだろう。それにしても、そういう蓮《はす》っ葉《ぱ》な女に見えるということは、けいの町人ぶりも板についてきたということだ。

素直に嬉しいと思って笑みがこぼれてしまった。男のほうは、それを報酬への期待だと受け取ったらしい。

「興味がおありですか？」

「でも、体を売るようなことはできませんよ。わたしにはもういい人がいます。操《みさお》は立てさせてください」

「もちろんですよ。いかがわしいことはまるでないと断言します」

「でも、わたしに務まるのでしょうか」

「それはもちろん。大当たりのこんこんちきってところですよ」

男が胸を張る。

「どんな仕事なんですか？」

「ちょっと高飛車《たかびしゃ》にご託宣《たくせん》を告げる仕事ですよ」

男の言っている意味がわからず、けいは思わず男の顔を見返した。優しそうな顔立ちだが、額《ひたい》にうっすらと傷がある。

「高飛車というのはどういうことですか？」

「高飛車な物言いが好きな客がいるんです」

やはり意味がわからなくて思わず黙り込んだ。そこに彩が割って入る。

「おけいさんだけですか？」

お嬢様、ではなくて「おけいさん」と言ったあたり、彩の機転だろう。

「もちろん、そちらのお嬢さんも興味があればお願いします」

平次がやや得意そうな表情になった。

どうやら、けいに刺激されて彩も仕事をする気になった、と取ったようだ。女二人を競わせて気分がいいというところかもしれない。

「実際のところいくら稼げるの？　いいことだけ言って、ふたを開けたら二十文なんていうんだったら、ここで働いたほうがいいからね」

彩はすっかり蓮っ葉な女になりきっている。

男は、得意げに懐《ふところ》に手を突っ込んだ。懐から一枚の金貨を取り出す。

「これでどうだ」

男が出したのは一分判金《いちぶばんきん》だった。一両の四分の一の価格の金貨である。

「見たことあるか？」

「ないわけではないですが……」

けいは思わず口ごもった。たしかに珍しい。一分といえば千文である。大きな買い物では使うが、庶民が触れることは少ない。

もしかしたら小判よりも目にする機会は少ないかもしれなかった。

「これ、全部くれるのかい？」

彩が目を輝かせた。

「すぐに渡すわけにはいかないな。働き次第だ」

男が手を引っ込めた。

「どうしたらもらえるの？」

彩が言うと、男がにやりと笑って腕を組んだ。

「こんな場所で昼日中《ひるひなか》から話せることじゃあねえな。どうでい、明日の夜あたり少々付き合ってくれないか」

「いいけど、そのまま売り飛ばされるってこともあるからね。安心できる場所を選んでくれるかい」

「もっともだな。初対面なんだから無理はねえ」

男が少し考え込んだ。

そうはいっても、夜に女が安全な場所はそうはない。たいていの女は夜、家に引きこもっているか、商売をしているかのどちらかだ。

「出会い茶屋でどうだ」

男が笑顔で言った。

「連れ込みだって？　ふざけるのもたいがいにしな。一番危ないじゃないか」

「そこのお嬢さんにはいい相手がいるんだろう？　二人じゃなくて、その男と三人で来てくんなよ。それなら安心だろう」

ぱっと、けいの顔が輝いた。

「たしかに金四郎が一緒なら安全かもしれないね」

言いながら、彩が少々悔《くや》しそうな顔をする。金四郎の手を借りるのが気に入らないらしい。

しかし、これは金四郎の役に立てる、いい機会な気がする。

「今夜相談してみます。行くとなったら、どこに行けばいいのですか？」

「そうですね。笠森《かさもり》稲荷の前で待ち合わせてはどうでしょう」

「どちらですか？」

「お仙《せん》のほうで」

笠森稲荷というのは谷中《やなか》にある稲荷神社だ。大円寺《だいえんじ》と福泉院《ふくせんいん》の前にひとつずつ祀《まつ》られている。

「お仙のほう」というのは福泉院の前の笠森稲荷で、昔、笠森お仙という伝説の水茶屋娘がいたことから符丁《ふちょう》になっている。

いまもその影響か、水茶屋や岡場所、出会い茶屋などが一帯にある。谷中本町から根岸《ねぎし》にかけては、閑静な遊び場という雰囲気である。別荘地ということもあって、文人《ぶんじん》にも人気であった。

「夜五つにお願いします」

平次はそう言うと、去って行った。

「夜五つって遅いわね」

けいは驚いた。冬にかかるころの夜五つといえば、そろそろみんな寝てしまって町がひっそりと静まる時分である。

「金さんが帰ってきたら相談してみましょう」

けいが言うと、彩も大きく頷いた。

夜になって金四郎が帰ってきた。一日あちこちを歩き回ったらしい。少々疲れた顔をしていた。

今日の男のことを話すと、金四郎は少々考え込んだ。

「たしかにつけられてたってのはわかるな。しかし、なんでだろう」

金四郎にもまるで心当たりがないらしい。

「なにかで目立ったのでしょうか」

金四郎は遊び人としては有名人だから、相手が金四郎のことを知っていてもおかしくはない。

「どうだろうな。天一と狐の間になにか関係があるってことはねえだろう。おけいを誘いに来たってことは、たまたま目をつけられたのかもしれないな。俺を張っても意味ないだろうよ」

金四郎は合点《がてん》がいかない様子である。

偶然と思ったほうがいいのだろう。それにしても都合がよすぎる。なにかの理由でけいのことを知っていたように思える。

いずれにしても飛び込んでみなければ、なにもわからない。

「今日は休みましょう」

彩が不意に言った。

「明日も早いですからね」

そう言うと、彩はさっと背中を向けて帰って行った。

「なんだかすごいお嬢さんだな。男よりよほど肝《きも》が据《す》わってる」

「頼りになるんです」

言ってから、ふと不安になって金四郎の袖《そで》を摑《つか》んだ。

「でも彩ばかり頼らないでくださいね。少し心配です」

「なにがだ？」

「金さんが彩を好きになったら困ります」

けいが言うと、金四郎が魂が抜けたような顔をした。

「いいか、けい。間違っても俺があの娘に恋することはない。ああいう娘を好きになるのは、特別変わった男だけだからな」

「そうなんですか？」

「あんな冷たい顔と声で、そこの遊び人、なんて言われてどうやって恋するっていうんだ。そんなやつはいないって」

「そんなに冷たかったですか？」

「そう見えないか。あれ、すごいぞ。ゴミを見るような目っていうのはまさにああいう目だと思う。長く生きてるってほど生きちゃあいないが、あんな目で見られる体験ってのはなかなかねえと思うな」

金四郎が体を震わせた。

「なんだか体まで寒くなってきた。寝るわ」

金四郎が二階に上がる。けいもその後ろをついていった。

「あの」

二階に上がったあとで、けいは金四郎に声をかけた。

「なんだ？」

「添い寝が必要なのですね。わかりました」

今日は寒いなあ、というのは、俺を温めてくれ、という隠語だと何かで読んだことがある。つまり布団に入ってこいという誘いのことらしい。

少々恥ずかしいが、金四郎から誘われたら断ることはできない。

「なんで添い寝なんだ？」

「寒いというのは、そういう意味なのでしょう？」

「いいか、おけい。読本《よみほん》を参考にするのはやめろ。あれは夢が書いてあるんだ。実際の夫婦生活なんかとは違う」

「でも、わたくしは寒いです。少し怖いし。明日、悪い男と会うかもしれないでしょう」

「そうだな。そいつはすまない」

「では、金さんの布団で寝るくらいはいいですよね？」

けいは思い切って口に出した。まだ妻ではないから最後まで添い遂げることはできないが、腕の中で眠るくらいは許されてもいいだろう、と思う。

自分も寒いし、金四郎も寒いなら、まさに利害の一致ではないか。

「嬉しそうだな、おけい」

「はい。嬉しいです」

金四郎がため息をついた。

「俺の体には入れ墨《ずみ》が入ってるんだぜ」

「遊び人なら当然でしょう」

「そもそも遊び人というところが悪いんじゃねえか」

「若いうちに市井《しせい》の情に触れるのは悪いとは思いません」

「贔屓《ひいき》目がすぎるぜ」

金四郎はため息をついたが、布団をめくってけいが入る隙間を空けてくれた。

「いいのですか？」

「今日だけな。冷えるからな」

金四郎の布団に潜り込むと、布団はまだ冷たかった。が、金四郎の体はけいよりも温かい。

「明日は別々だからな」

「わかりました」

返事をしつつ、金四郎の隣に身を横たえる。

「これが初夜というものなのですね」

「全然違うからな」

金四郎は歯切れ悪く言ったが、けいにとっては物語の一場面のようなものだ。

金四郎の腕の中で眠る日がこんなに早く来るとは思わなかった。

そして、ずいぶん疲れていたらしく、あっという間に眠りに落ちた。

目が覚めたときには、金四郎はもう起きていた。普段はけいのほうが早起きなのだが、今日の金四郎はすでに風呂にまで入っていた。

「おはよう」

　金四郎に先に言われて畳に両手をつく。

「おはようございます」

「今朝もすごいぜ。あの彩って娘はなんなんだろうな」

「どうしたのですか？」

「下に降りてみるといい」

　けいが下に降りると、彩と梅が話し合っていた。

「どうしたのですか？」

「新しい料理を試してみようと思いまして」

「新しい料理？」

　けいが聞くと、彩が大きく頷いた。

「まずは食べてみてください」

　彩が出してきたのは、バカ貝の煮物であった。貝柱を取り除いた貝を大根と一緒に煮たものだ。大根は千切りにしてあった。千切りの大根なら一瞬で火が通って柔らかくなる。まだしゃきっとした歯ごたえが残る、不思議な食感の大根だった。

醤油と生姜でさっと煮てあって、貝の甘みが際立っている。

「バカ貝って美味しいわ」

「この貝は青柳《あおやぎ》というのです。バカ貝よりも青柳のほうがいいと思いますよ」

彩が言う。

「そうなのね。たしかに青柳のほうが言葉が綺麗だわ。柳のような感じだから青柳なのかしら」

「いいえ。千葉の青柳という土地での水揚げが、ことのほか多いので青柳というのです。バカ貝も〝馬鹿〟からではなくて、貝殻が薄くて儚《はかな》いから〝はか貝〟というのだそうです」

「彩はなんでも知ってるのね」

けいが感心する。

「調べました」

いつ調べたのだろう、という速さである。

「こいつは安くていいね」

梅が嬉しそうに言った。

主菜は貝柱と豆腐の煮たものであった。うずらの卵に軽く火を通してとろとろにしたものに、醬油とみりんで味をつけたものをかけたのが白。大根おろしと芥子を添えたものが赤である。

「今日は夜になったら、笠森稲荷に出かけましょう」

彩が笑顔で言う。

「着物も用意しましたよ」

「狐ではないの？」

「今日は違います」

彩はけいを別室に連れていくと、提灯《ちょうちん》柄の着物を取り出した。

「提灯なのね。綺麗」

「狐の先触れというところですよ。目立つ着物がいいんです」

彩の言い方に、けいもぴん、とくるものがあった。

「店から見張られていると思っているのね」

「そうです」

いずれにしても相手の目的がまるでわからないから、体当たりしてみるしかない。それにしても、まさに狐に化かされているような気分だった。

いつものように給仕に追われるが、もしかしたら見張られているかもしれないと思うと、なにやらそわそわして落ち着かない。

日が暮れると、けいは出かける準備をした。気持ちを落ち着かせて出発する。金四郎も同行することになった。

舟八のあるあたりから笠森稲荷までは一刻《いっとき》(約二時間)歩けば着く。彩と金四郎の三人でゆったりと散策しながら歩くことにした。

「一緒に散歩するのは久々ね」

けいが声をかけると、彩も笑顔で頷いた。

「こういうのも楽しいですね」

歩いていると、どこかから視線を感じる。警戒していると思われたくないからあたりを見回したりはしないが、怪しいことこのうえない。

「わたくしたち、かどわかされたりするのかしら」

「どうでしょう。二人だけならともかく、余計な男もいますから安全でしょう」

「彩はあたりがきついわね。そんなに金さんが嫌いなの?」

「嫌いではないですが、あえて言うなら男は全部嫌いです」

「自分の父君も」

「ものすごく嫌いです」

彩が笑顔のまま言った。

「金さんていい男よ。優しいし、高飛車《たかびしゃ》でもないし、人にも好かれてる」

言っているうちに、自分もまた金四郎を値踏みに来たはずであることを思い出した。気がつけば、いつのまにかすごく金四郎に肩入れしてしまっている。

「でも、金さんがわたくしを選んでくれるかはわからないわ」

「選ぶでしょう」

彩がきっぱりと言った。

「なんだか自信あるのね」

「当然です。あのような男がお嬢様に選ばれるなど、七たび生まれ変わっても起こらないことですから。お嬢様は断ってもいいですが、あの遊び人から断るなどということは許されません」

言いながら、彩は足を緩めることなく歩いていく。

「おいおい。本人の前で言うことかよ」

金四郎が会話に割り込んできた。

「陰で言えば陰口になるでしょう？　悪口と陰口ならどちらがお好みですか」

「む。悪口がましかな」

「ではいいでしょう」

「すると陰では言わねえんだな」

「もちろん言います」

彩の言葉に、思わずけいは吹き出した。

「まったくとんでもねえ女だ」

金四郎も、怒るというよりも笑ってしまうらしい。

舟八から笠森稲荷に行くには、上野を通っていくことになる。上野のあたりはずいぶん賑やかだが、上野を越えて谷中に入ると突然、閑静になる。

このあたりは静かだが、半面物騒ともいえた。静かなところで襲われたら、助けを求めるのも難しい。

といってもそれもわずかな時間で、あちこちに店が並びはじめる。人が通りそうにもないあたりにも水茶屋があるのが見える。

「誰もいなそうなのに店があるのね」

「人通りが多いと顔を見られるでしょう。おしのびで遊びたい人たちにとっては人通りがないほうが都合がいいのです」

「王子もそうなの？」

「王子は、料理屋の多さでは、深川に匹敵《ひってき》するでしょう。ただ深川は専門の深川同心を置いている兼ね合いもあって、治安はいいですがいろいろ厳しいです。それに比べると、王子はもっと緩《ゆる》いですね」

「では、王子で追いはぎというのは案外間違ってもいないのね」

「ええ」

ゆるゆる歩いていると、あたりが騒がしくなっていく。着飾った女の姿があちこちに現れてくる。

「このへんは華《はな》やかね」

「もうすぐ稲荷神社です」

彩が冷静な声で言った。

「どこで待っているのかしらね」

神社のそばまで行くと、不意に後ろから声がした。

「おけいさんと彩さんですね」

第四章

振り返ると、一人の男が立っていた。予想していたのとは違ってかなり品のいい雰囲気の男である。

店に来た男は、なんとなくカタギではない雰囲気だったが、こちらはその様子はまったくない。

「どちら様ですか？」

けいが聞くと、男は笑顔になって頭を下げる。

「烏《からす》の源蔵《げんぞう》と申します。よろしくお願いします。お二人のことは平次から聞いております」

金四郎が、さっとけいと源蔵の間に立った。

「阿呆烏《あほうがらす》たあ物騒なことを言うじゃねえか」

「阿呆烏ってなんですか？」

けいが聞くと、金四郎がいまいましそうに舌打ちした。

「阿呆烏ってなあ、女を男に売り飛ばす仕事さ。夜に、があがあ鳴くから阿呆烏って言うらしいぜ」

「浄瑠璃《じょうるり》ですね」

「浄瑠璃ほど上等じゃねえけどな」

金四郎が言うと、源蔵が困ったような顔をした。

「それはわかりますが、わたしは単なる烏ですよ。夜にまぎれてひっそり動くから烏です。阿呆烏と一緒にしないでください」

「だが簡単に信じるわけにもいかねえな」

「たしかに烏と名乗ると響きが悪いかもしれません」

源蔵は肩をすくめた。

「ついてくればわかりますよ」

源蔵に言われて、金四郎は同意した。

「そうさせてもらうぜ」

男の様子からは嘘《うそ》の雰囲気は感じない。といっても、警戒するに越したことはないだろう。

「それで、わたしたちに何の用事なのです?」

「それは出会い茶屋でお話ししましょう」

男の誘いに乗ったら事件に巻き込まれるかもしれない、と頭のすみに危機感が走った。

それでも虎穴《こけつ》に入らずんば虎児《こじ》を得ず、と思って、けいは懐《ふところ》から懐剣《かいけん》を取り出して見せた。

「嘘なら斬ります」

「怖いですね。刃物はやめてください。絶対に安全ですよ」

怖いと言いつつ、男はまるで動じた様子がない。

場慣れしているのかもしれない。あるいは自分の言葉に嘘がないという自信の表れでもあるのだろう。

「どうしますか?」

彩に聞かれて、けいは頷《うなず》いた。

「行きましょう」

「では、駕籠《かご》に乗ってください」

金四郎が首を横に振った。

「俺は乗らねえぜ。駕籠の中に入ったら、どこに連れていかれるかわからねえからな」

「歩くのが大変だから用意しただけです。金四郎さんはどうぞお好きに」

源蔵はあっさりと言った。

金四郎さんは、という言葉にけいは少し引っかかった。源蔵と金四郎は初対面のはずだ。しかも名乗っていない。

店で金四郎のことを小耳にはさんだのかもしれない。そうだとすると、なかなか抜け目のない男だ。

「おけい、駕籠でも平気か？」

「乗ったことがないので、一度乗ってみたいです」

けいは正直な気持ちを答えた。

駕籠は足の弱い女の乗り物と言われるが、武家では駕籠を使うことは少ない。

駕籠は値段も高くて、大体二百文から四百文もする。一刻《いっとき》乗り回すだけで蕎麦《そば》なら十五杯も食べられるのだ。

なので裕福な商人か、貧乏人ならあぶく銭でも摑《つか》まない限りは乗らない。ただ、顔を見られないので、吉原に通う人間は駕籠を使うことが多かった。

駕籠に乗ってみると、乗り心地は悪い。たしかに座って移動することはできるのだが、左右に揺れるうえに上下にも揺れる。

歩くほうがずっとましだといえた。

ただし、歩くよりもかなり速い。駕籠かきというのはずいぶん力持ちで、けいを乗せてもまるで問題がないようだった。

駕籠からかすかに見える地面の様子からすると、舟とまではいかないが、相当な速度で移動している。

おまけに駕籠の中にいるので、自分がどこに向かっているのかもわからない。このままかどわかされたとしても、なにがなにやらわからないだろう。

四半刻《しはんとき》（約三十分）も乗っただろうか。不意に駕籠が止まった。とてもやさしいとは言えない止まり方である。けいは駕籠の中で転んでしまった。

ほうほうの体《てい》で駕籠から出る。駕籠についてきていた金四郎は息を切らした様子もなく、ふらつくけいに手を貸した。

源蔵のほうはもう駕籠から降りていて、すっきりした顔をしている。彩も平然と駕籠から降りていた。

どうやら苦しんでいたのは、けいだけのようだ。

「こちらです」

源蔵が先に立って歩いていく。

あたりは山と人里の中間という風情《ふぜい》である。とても谷中とは思えない。

連れていかれた先は、閑静な場所である。目の前には誰かの別邸と思われる屋敷があった。

「ここが出会い茶屋なのですか」

けいが首を傾げる。出会い茶屋というのは文字通り、男女が密会するための店である。しっかりした造りの店が多いといっても、いかにも別宅という雰囲気の店まであるとは知らなかった。

「ここは、出会い茶屋といっても少し変わっていまして。文人の集まりなどにも使うのですよ」

源蔵が真面目《まじめ》な顔で言った。

たしかにそのような造りである。

「こちらに」

そう言って通されたのは茶室であった。簡素な茶室で、屏風《びょうぶ》がひとつ飾ってあるだけである。屏風には狐の絵が描いてある。どうやら王子の装束《しょうぞく》狐《ぎつね》が狐火をともす様子を描いているらしい。

さらには、茶室の柱のところに花器があって、金木犀《きんもくせい》が活《い》けてある。

「破格数寄《はかくすき》というやつね」

茶室に金木犀を活けることはない。茶室の主役は茶なので、香りの強い花を活けるのは禁止である。

それをあえて活けるというのは、変わり者であることを誇りとする「破格数寄」という人々である。

金木犀に狐の屏風というあたり、確かに変わっているだろう。

「それで、わたしたちにどんな仕事をさせたいのですか?」

「説教です」

「え?」

「ですから、説教をしていただきたいのです」

「それがよくわからないのです。若い娘の説教になんの意味があるのでしょう。人生の荒波を越えてきた人の説教ならわかりますけれど」

「それだと華がないのですよ。若い娘の声で、ありがたい説教を聞きたいのです」

「ありがたいことなど語れません」

「思いつきでいいですよ」

けいは、どうしたものか、と考えた。もちろん断る気はないが、けいは講談師でもなんでもない。うまくやる自信はなかった。

「いいでしょう」

彩が答える。

「どう振るまえばいいのですか」

彩が言うと、源蔵は手順を教えてくれた。

「簡単ですよ。客と食事をして、上から目線でいろいろ言えばいいのです。危ないことはなにもありません」

たしかに食事をするだけなら危険はなさそうだった。

「なぜ上から目線なのですか？　お金を払って高飛車な態度をとられるのは気分が悪いと思いますよ」

「ところがそうでもないのです。成功した商人には、叱られたいと思っている人たちが少なからずいるのですよ」

「見ず知らずの、しかも若い娘でなくてもいいのではないですか」

「だからいいのですよ。成功した男は、他の男に説教などされたくないのです。自分のほうが成功しているという驕《おご》った考えを持ってしまいますからね。若い娘なら自分と当たるところがないのです」

「お坊さんに説教されるという方法もあるのではないですか？」

「それは別物です。坊主の説教では、気分が違うのですよ」

「そうなのですね」

けいにはよくわからないが、どうやら「叱られたい」客というのは本当にいるらしい。

「商人には上品《じょうぼん》、中品《ちゅうぼん》、下品《げぼん》というものがあります。自分の利益だけを考える下品から始まって、かかわる人々をみな幸せにする中品、そしてそれを超えて功《く》徳《どく》をほどこすのが上品です」

「それはなかなか難しそうですね」

「人は下品に流れるもの。金を儲《もう》けると、自分だけがもっと儲かりたいと思ってしまうのです。その心を戒《いまし》めるためにこの商売があるんですよ」

「いい仕事なのですね」

彩のほうを振り向くと、彩も首を縦に振った。

「筋は通っていますね」

「ところで、なぜ狐の恰好《かっこう》なのですか？」

「人間に叱られるよりも狐のほうがいいではありませんか。まあ、これは男の趣味というべきでしょう」

「面をつければいいのですか？」

「左様です。しかし、面は顔のやや横につけてください」

「なぜですか？」

「綺麗《きれい》な顔が見えないのも、つまらないものです」

裕福な商人のこだわりというのは案外複雑らしい。面をつけることに抵抗はないから、けいは素直に従うことにした。

「では、狐の面を選んでください」

源蔵が、小者《こもの》に面を持ってこさせた。狐の面は、怒っているのと笑っているのと二種類の表情と、赤、青、黄、白、黒の五つの色があって全部で十枚あった。

「お好きな面をどうぞ」

「今日のツイてる色はなんだったかしら？」

彩に聞く。

「おけいさんは黄色です。わたしは青ですね」

言いながら、彩は笑っている青を取った。

けいも、笑っている黄色を手にとった。怒っている面は雰囲気があるのかもしれないが、なんだか怖い。笑っている面のほうがしっくりきた。

彩が面をつける。

「こんな感じでしょうか」

彩が面をつけると、きりりとした表情に笑った狐があいまって、あやしい色気が漂《ただよ》ってくるようだった。

「わたくしもつけてみます」

けいもつける。

「品がよくてよろしいと思いますよ、おけいさん」

「ありがとう」

彩に褒《ほ》められてから金四郎のほうを見る。

「美人だよ。すごく美人だ」

金四郎が表情を変えないまま言う。もう少しでれでれした様子を見せてもけいは気にしないのだが、照れているに違いない。

「いままで雇った狐の中でも一番かもしれませんね」

源蔵が嬉《うれ》しそうに言う。

「お二人とも気品があるのがいい。いかにもお嬢様という雰囲気です。とても船宿で働いているようには見えません」

「ありがとうございます」

「高飛車といっても、あくまで相手を持ち上げながらですから、そこはうまくやってくださいね」

「わかりました」

「では、少しお待ちください」

源蔵は部屋を出ていった。客が来るまではここで待つらしい。

「わたくし、お酒の相手などできるかしら」

「舟八でやってるでしょう」

「でも、お酌《しやく》などはしていないですよ」

「そこの金さん相手にしてるでしょう。まあ、相手はこんなヒモ男よりも上等かもしれないですけどね」

「俺はヒモじゃねえよ」

「証文見ました」

彩がぴしゃりと言う。

「博打《ばくち》に勝ったら倍にして返すなんて証文は、ただの紙です。あなたはヒモで
す」

金四郎が黙る。

けいは思わず笑ってしまった。

「おけい、あの証文は人に見せるなよ。二人の秘密だろう」

「見られたんですよ」

「まあ、おけいは人にしゃべるような人間じゃねえだろうからな」

金四郎が肩をすくめた。

しばらくして、源蔵が呼びにきた。

「どちらが行かれますか？」

「どのような客ですか？」

「薬種問屋《やくしゅどんや》のご主人ですね。一代で店を大きくした人です。五十二歳。跡とりの息子が放蕩《ほうとう》してなかなか困っているようです」

「それは大変ですね」

「それが自分のせいではないかと悩んで、ここに来たようです」

「それなら、もっときちんとした人に相談すればいいのではないですか？」

「きちんとした人に相談というのはできないものなのですよ」

源蔵が苦笑した。

よくわからないが、とにかくけいが行ってみることにした。

別室に通されると、部屋の真ん中に屏風があって、けいと相手は屏風ごしに対面するようになっていた。

「日本橋本町で薬種問屋を営んでおります。長崎屋平左衛門《ながさきやへいざえもん》でございます」

屏風の向こうから、落ち着いた声がした。穏やかだが、芯《しん》が強い。長崎屋ということは、長崎からの薬を扱っているのかもしれない。

「な……悩みを申すがよい」

うまくできるかどうか、不安と戦いながらもなんとかきりりとした声を出すと、長崎屋は相談を口にしはじめた。

長崎屋は薬種問屋を営んで三十年になる。店も順調で、不自由もない。ただ、最近番頭が次男を抱き込んで、悪い遊びにふけっているという。

「それでも身を固めれば落ち着くだろうと思って縁談を持ち掛けたのですが、縁談まですっぽかすというありさまなのです」

長崎屋はどうしていいかわからないという気配を出した。

「わたしは育て方を間違えたのでしょうか」

「そのようなことはないでしょう。縁談を窮屈《きゅうくつ》と感じたのかもしれないし、案外好きな娘がいるのではないですか?」

「好き、ですか?」

「ええ。好きな娘がいるのに、縁談を受けては不誠実でしょう」

「狐様は、結婚は好きな相手とすべきだとお考えなのですか?」

そう問われて、けいは一瞬黙った。

けい自身、親の決めた相手と結婚するのが当然だと思っていた。好きな相手と結婚するというのは、武家ではまずない。

結婚してから相手を好きになれれば幸運というところだ。けいは幸い金四郎を好きになったからよかっただけだ。

好きな人が一番いいが、親の決めた縁談を断って幸せになるとも限らない。そこまで考えて、首を横に振る。

常識的なことを考えてどうするのだ。今のけいは狐なのである。

「もし好きな人がいるなら、事情を聞いたほうがいいでしょう。無理に引き裂《さ》いても未練が残るだけですよ」

それから、きつい口調で言う。

「息子のため、息子のためと言いながらも、結局は自分の思う通りにしたいという気持ちなのでしょう。そうだとすると、息子さんがあなたに心を開かないのも当然ではないですか。息子さんの気持ちをまともに聞いたことはあるのですか？」

けいが言うと、長崎屋ははっとしたようだった。

「そうですね。ありがとうございます。心に沁《し》みました」

源蔵がやってきて屏風を取り除いた。説教の時間が終わり、これから一杯という趣向らしい。

屏風が取り除かれると、長崎屋が驚いてのけぞった。

「け、けい様ではございませぬか？」

「わたくしをご存じなのですか？」

「堀田様にはご贔屓《ひいき》いただいておりまして」

長崎屋が深く頭を下げる。

「それにしても、堀田様のお嬢様がなぜこのようなことをされているのですか？」

長崎屋に尋ねられて、けいは金四郎の押しかけ女房として過ごしていることを正直に打ち明けた。

長崎屋は真面目な顔で聞いていたが、深いため息をついた。

「素晴らしい。堀田様はやはり器《うつわ》の大きな人物ですな」

「そうなのですか？」

「もちろんですよ。当人のけい様に申し上げるのもどうかと思いますが、結婚は家にとっては大切な儀式。結婚というのは色恋ではなくて政略でございます。道具にされる娘にとってはたまったものではないでしょうが、そういうものです。ましてや堀田家四千石。いかに見どころがあろうと、遊び人に嫁《とつ》がせるなど考えられません」

「そうですよね」

長崎屋の言うことはもっともである。金四郎と出会う前のけいも、もちろんそう思っていた。

「けい様から見て、金四郎様はどのようなお方ですか？」

「そうですね。頼もしいし、優しいです。人望もあります」

「そうですか」

長崎屋はなにか考え込んでいるようだった。

「食事を持ってまいりました」

源蔵が食事を運んでくる。

かまぼこと、蓮根《れんこん》の煮たもの。

きくらげとセリを芥子《からし》であえたもの。

大根の漬物。

そして最後に揚げたものである。

「これは？」

「天ぷらですよ」

源蔵が当たり前のように言った。

天ぷら、と聞いてもそのような感じはしない。丸くて平べったい。源蔵が持ってきたのは、屋台で食べたものとも天一の店で食べたものとも全然似ていないものだった。

「味はついています」

源蔵に言われる。とりあえず長崎屋に酒を注いだ。

「ありがとうございます」

長崎屋は礼を言うと、酒を口に運んだ。

「どうぞ、けい様も」

「ありがとうございます」

なによりも気になっていた天ぷらに箸《はし》をつける。食べた瞬間甘い、と感じた。衣《ころも》に砂糖が使ってある。

中身は鯛《たい》のすり身のようだった。鯛のほうには塩味がついているが、衣の甘さでまるで菓子のようだった。

「お菓子のようですね」

「卓袱《しっぽく》料理なんですよ」

長崎屋が言う。

「なんですか?」

「卓袱というのは、長崎で多く食べられるもので、和漢洋の料理を唐《から》の作法で食べるものなのです」

「洋のものですか？」

「そうですよ。卓袱はどの国の料理でもいいのです。この天ぷらは、西洋菓子の手法で作られているらしいですよ」

菓子の手法で料理が作られるというのは驚きだった。天一の天ぷらとはまるで違うが、これも美味しい。

「西洋の料理には〝ぼうとろ〟という調味料が必要で、これはなかなか手に入らないので、洋の献立は少ないですけどね」

「ぼうとろとはなんです？」

「牛の乳《ちち》を煮詰めたものらしいですが、詳しくは知りません」

卓袱料理というのがどんなものかはわからないが、この天ぷらもなかなか美味《おい》しかった。

「これは簡単に作れる料理なんですか？」

「いえ。この天ぷらはかなり難しいらしいですよ。普通、天ぷらは粉を水で溶いて衣にするのですが、この長崎揚げは水を一滴も使わないからこの味になるのだそうです」

この天ぷらは揚げたてではないが、美味しさは保たれている。店で出すのであれば、こちらのほうがいいような気がした。

もしかしたら、狐の出している天ぷらはこちらなのかもしれない。

丁寧《ていねい》に挨拶《あいさつ》をして長崎屋を送り出すと、金四郎が控えている別室に向かうことにした。なにかあったときには駆け付けられるようになっていたのだ。

「お。終わったか。どうだった」

金四郎は卓袱料理を食べながら飲んでいたらしく、機嫌のいい様子でけいの帰りを迎えた。

けいが長崎屋と会っていたことについては、なにも思っていないらしい。これが逆だったら、けいは金四郎が別の女性と個室で会っていることに苛立《いらだ》ったかもしれない。

独占したいという気持ちが強いのは武家の女としてはいいことではない、と自戒するが、この感情を止めるのは難しそうだ。

「なにか面白いことがあったかい？」

金四郎の問いに、けいは先ほどのことを話した。金四郎は興味深そうに聞いている。

話していると、彩も客の相手が終わったようで戻ってきた。

「おかえりなさい。彩」

「ただいま。わたし、この仕事向いてるかもしれません」

彩はさわやかに笑った。

彩が相手をしたのは茶問屋の主人だったらしい。商売は順調だが、家族のことで悩みを抱えているのを叱り飛ばしてきたようだ。

「お金があっても悩みは尽きないのね」

けいが言うと、彩が頷いた。

「お金があったらあったで、けっこう大変ですよ。家族や使用人のことで悩む人は多いですね」

「お金があれば、幸せになりそうなものなのに」

けいの言葉に、彩は笑顔で首を横に振った。

「お金があって幸せなこともありますけどね。幸せはお金だけじゃないですから。やり手の商売人の場合のほうが問題は出るかもしれません」

「なぜ？」

「男は商売が忙しいから、家の向きは女房に任せるでしょう。子供が生まれたりすれば、いつの間にか生活自体が分かれちゃうんですよ。そのうち男のほうは外に妾《めかけ》を作って子供までなしてしまう。そんなことをしていれば、仲はいやでも冷えます」

彩の言葉には実感があった。

「そのうえ、番頭や手代《てだい》をどう扱うかってこともあるから。店によりますけど、番頭や手代はあくまで自分の稼ぎのための道具と思ってる商人は多いんです」

彩はため息をつくと、大きく伸びをした。

「そういった男に活《かつ》を入れて、元気づけるのは得意みたいですよ」

彩のそつなくこなしている様子が目に浮かぶようだった。

「それよりも、最近、王子の料理屋は遊女を上げて遊べる店が増えたそうなんですね。茶屋の主人がそう言っていましたよ。狐騒ぎもその中の一軒なのではないですか？」

「やはりそうか。俺もそう思う」

金四郎が同意した。

「とりあえず王子に行って遊んできてください。金さんが引っかかって身ぐるみはがされるのが一番早いです」

彩がきっぱりと言った。

「おいおい。俺は囮《おとり》かよ」

「ええ。誰かが囮にならないと解決しないでしょう。残念ながら事件の概要すらわからないですから」

たしかに彩の言う通り、どうしてそんなことが起こっているのかもわからない。

けいも思わず頷いた。

「本日はお疲れ様でした」

そこへ源蔵が、揉《も》み手をせんばかりの様子で入ってきた。

「お二人とも大満足のご様子でした」

どうやら、長崎屋はけいが堀田家の娘ということは話していないようだ。

「またお願いできますか？」

「お役に立てれば」

答えてから、けいは気になっていることを口にした。

「ところで、王子に……」

「違います」

「まだなにも尋ねていませんよ」

「王子の狐でしょう。迷惑しているのです」

源蔵はいやそうに言った。たしかに狐つながりなだけに迷惑には違いない。そうすると、源蔵は関係ないということになる。

「おかしなことを聞いてすいません」

「いえ。妙なことに巻き込まれそうなら当たり前です。われわれもいやですが、自分が騙《だま》されたわけではないですから」

源蔵が困ったように笑った。

店を出ると、ふたたび駕籠に乗る。この仕事はいやではないが、駕籠には慣れそうにはなかった。

駕籠はふたたび笠森稲荷の前に止まった。もう完全に深夜で、女だけで出歩くような時刻ではない。

「金さんがいてよかった」

けいが言うと、彩も頷いた。

「女だけではやはり心もとないですからね」

それから、彩がさらに言う。

「あの料理屋が関係ないとすると、また手がかりがないですね」

「じゃあ、俺がふらふらして引っかかってくるのがいいのかな」

「声をかけてはこないでしょう」

「なんでだ？」

「どう考えても金持ちを狙《ねら》って声をかけてるんですよ。遊び人がいくら歩き回ったって声なんてかけませんよ」

たしかにそうだ。金四郎が遊び人の恰好のまま歩いていたのでは、金がありそうには見えない。身ぐるみをはがされるとしたら金持ちに見えないといけない。

「第一、いきなり歩いていて声をかけられるということはないでしょう。王子の料理茶屋に顔を憶えられたあたりで誘われるんじゃないでしょうか」

「たしかにありそうだ」

「ということは、金さんがどこかの料理茶屋の常連になればいいということですね」

けいが言う。

「まあ、そうだな」

「では、なってみるのはどうでしょう」

「どうやって？」

「若旦那に扮《ふん》して料理茶屋に行くのです」

「しかし、どの店にするのがいいかな」

「それは兄に聞いてまいります」

兄の一知《かずとも》なら王子に行きつけの店くらいはありそうだった。

「そうだな。そこは任せる」

金四郎に言われて、けいは大きく頷いた。

風呂に入ると、食事をする気力もなく寝てしまう。

兄に突然会いに行っても平気だろうかと思いつつ、すぐに眠りに落ちた。

そして翌日。

けいは兄一知のいる火盗改めの役宅へと赴《おもむ》いたのだった。


火盗改めの役宅は、町奉行所とは違って長官が替わるごとに移る。清水《しみず》御門外にあるときもあれば市ヶ谷《いちがや》にあるときもある。

一知は市ヶ谷に役宅を構えていた。

けいが訪ねると、快く時間をあけてくれた。見回りに出ているときは駄目だが、今日は都合がよかったらしい。

「おひさしぶりです」

兄の前で手をつくと、一知は気にするな、という様子を見せた。

「ところで町屋の生活はどうだ？」

けいのことは気になるようだった。

「楽しく暮らしています」

「金四郎殿は武家に戻って来そうかな」

「それはわたくしにはわかりかねます」

けいの言葉に、一知は低く唸《うな》った。

「まあ、仕方あるまいな。男気の強い人柄ゆえな」

「兄上は金四郎様をよくご存じなのですね」

「よくというほどは知らぬよ。好感は持っておるがな。金四郎殿が家を継いでくれれば、父君の遠山景晋《かげくに》殿も安心だろう」

それから、一知はけいを正面から見た。

「お前はどうなのだ。女房として務めているのか？」

「まだ見習いというところです」

「追い払われていないなら上出来だろう」

一知が声を上げて笑った。

「それにしても、まさか父上がお前に嫁《とつ》げと言うとは思わなかったがな」

「わたくしも驚きました」

「だが、その様子なら金四郎のことが気に入ったようだな」

「わかりますか」

「気に入らなかったら、父上がどう言おうと帰っておるだろう。ところで今日はどのような用向きなのだ？」

けいが追いはぎ狐の話をすると、一知はやや厳しい表情になった。

「天ぷらか。庶民には人気だな。それにしても追いはぎ狐とは、妙な話だな」

「これは罪に問えるのでしょうか」

「罪というほどでもあるまいよ。それにしても、金四郎殿が囮か。育ちもよいし、案外若旦那も似合うかもしれぬな」

「兄上はよい店をご存じですか？」

「もちろんよ。王子で有名となると扇屋《おうぎや》か海老屋《えびや》ということになるが、少々有名過ぎるかもしれぬな。もう少し隠れ家のような店がよかろうよ。三本杉《さんぼんすぎ》橋のそばにある、あざみ屋という店に行くがよい。わしが話をしておいてやろう」

「良い店なのですね」

「そうだな。そう言っていいだろう。ただし、少々客を選ぶ。癖のある料理を出すからな」

一知はにやりと笑った。

「今回の事件をきっかけに、うまく金四郎殿の女房になれるとよいな。いつまでも見習いというわけにもいくまい」

「そこはしっかりしております」

けいは思わず頬《ほお》をふくらませた。

「といっても、まだ女房として認められてはいないだろう」

「そんなことはありません。三三九度《さんさんくど》もしましたし、同じ串から団子《だんご》も食べました」

「同じ串から団子を食べたくらいで夫婦《めおと》とはなかなか豪気だな」

一知は苦笑すると、懐《ふところ》から切り餅《もち》を取り出した。

「これを渡しておく。何かの役に立つだろう」

けいはむくれたまま二十五両を受け取ると、懐にしまった。

「では、兄上。どのようにすれば、見習いを卒業できると思われますか」

「お前は息の吸い方から兄に習うつもりなのか。よいか。自分を妻だと念じれば自然とわかることがある。お前は念じ方が足りないのだ」

「わかりました」

念じ方が足りない、とは目から鱗《うろこ》が落ちるような言葉だ。もっと妻になるのだと念じないといけない。

「ありがとうございます、兄上」

「うむ。精進《しょうじん》するがよい」

けいは一知に礼を言った。


「おう、おかえり。どうだった」

舟八に戻ると、気になっていたらしく金四郎が出迎えてくれた。

「妻であると念じる力が足りないと教わりました」

「いや、料理屋を聞きに行ったんだろう。なんだよ。妻だと念じるって」

「わたくしの念じる力が足りないから、いつまでも見習いなんだと兄に叱られました。もっと妻らしくせよと」

「どういうのが妻らしいんだ」

「息の吸い方まで教える気はないと言われました。わたくし、自分で考えて金四郎様に尽くします」

「お手柔らかにな。読本《よみほん》からは拾うなよ」

金四郎がやや後ろにあとずさった。

「それと、あざみ屋という料理屋に行けと言われました」

「そうか。若旦那として、だな」

「はい」

「どんな恰好《かっこう》で行けばいいかな。若旦那って」

「そうですね、どうしましょう」

けいは答えてから、そこは呉服屋の彩と相談しようと思った。やはり餅は餅屋である。

「着物はわたしが用意します」

彩がいつの間にかやって来て、こともなげに言う。

その言葉通り、翌日、彩が金四郎用の着物を持ってきた。

町人は着られるものに縛《しば》りがある。色にしても、茶色と鼠《ねずみ》色と藍《あい》色以外はご法《はっ》度《と》である。

といっても、そこは町人側も知恵を回していて、茶色といっても江戸茶から始まって利休《りきゅう》茶、媚《こび》茶など豊富に色数がある。

商人の場合、着ているもので何年勤めている、ということや店での立場がわかるようにしているから、若旦那となると若旦那風の着物ということになる。

彩が選んだのは露草《つゆくさ》色の上田縞《うえだじま》であった。真田《さなだ》家から代々伝わるという生地《きじ》で、商人には人気がある。

やや明るい露草色は、育ちのいい若旦那が好む色であった。着てみると、思ったよりも若旦那風である。

「それにしてもよく似合います」

けいが金四郎を褒《ほ》めると、金四郎は照れたような顔をした。

「じゃあ俺は出かけてくる」

金四郎はいつもの町人風の恰好になると、店を出て行った。

「毎日なにをしてるのかしらね。金さんは」

思わず呟《つぶや》く。いくらなんでも、狐のことだけで毎日歩き回っているわけではないだろう。

金四郎にはわからない部分が多い、とけいは感じる。といっても金四郎の行動を全部摑《つか》んでおきたいわけではない。一緒にいるときにいつもの金四郎であればそれでいい。

「今日も忙しくなるでしょう」

彩が言った。

舟八で働くことには大分体が慣れてきている。小太刀《こだち》の練習のような疲れ方はしないが、それよりも全身を使って動いている気がした。

店の前は朝から行列になっていて、最近では近隣の店も看板娘探しに乗り出していると梅が言っていた。

今日の舟八の献立は鰻《うなぎ》である。最近はしゃれた店ではかば焼きというものを出すらしいが、庶民にとってはやはりぶつ切りである。

鰻は蒸しても美味しいが、筒切りだと少々固い。酢と酒を入れて柔らかくなるまで煮るのが人気の食べ方だ。一番多いのが焼いたものに山椒味噌《さんしょみそ》をつけて食べるやり方だが、炭火を起こしていては舟八の客数には対応できない。

そこで鰻を全部煮てしまって出すのである。ただし、鰻で人気なのは皮の、ぱりっとした焼け具合でもある。煮ただけで皮がぬめぬめしてしまっては、気持ち悪くて食べられないという客もいるだろう。

そこで、焼けた鉄板を用意して、煮えた鰻を鉄板の上に落としていく。そうすると皮がぎゅっと縮まって炭火とは違うが、ぱりっとするのだ。

この鰻には甘いタレがよく合う。ただし、大根と唐辛子を一緒に摺《す》り下ろした「紅葉《もみじ》おろし」も相性がいい。

鰻というとやや甘い味つけという印象があるが、さっぱりとした味つけもなかなかのものなのである。

紅葉おろしのときは、醬油《しょうゆ》の中に少しだけ酢をたらすのが具合がいい。鰻の味がさっぱりして酒のつまみにもちょうどよかった。

鰻を食べるときには付け合わせもさっぱりしたものがよい。葱《ねぎ》を細かく刻んで鰹節《かつおぶし》をかけたものを添える。

そうしておいて、大根を短冊切りにしたものも添える。甘いほうが白。紅葉おろしが赤である。

今日の献立はいつにもまして大人気であった。が、彩の方針で酒がゆっくり飲めないことが不満らしい。

「酒」

客から注文が入る。

「あなたはすでに一杯頼んだでしょう？　昼間から飲んだくれて、ぐだぐだと長居をするのは許しませんよ。待ってる客はたくさんいるのです」

彩が迫力ある目つきであたりを睨《にら》んだ。

「さっさと飲むよ。冷たくしないでくれよ」

「わたしは冷たいですよ」

彩がきっぱりと言う。

「お酒くらい、いいではないですか」

客に冷たすぎるのにはらはらして、けいが思わず口を出した。

「お嬢様はこの連中に甘すぎます」

「お。さすがおけいちゃんは優しいね」

「この料理でもっと酒が飲みたいんだよ」

男たちが口々に言った。その言葉に嘘はないようだ。たしかに舟八の料理なら、酒が飲みたくなるのもわかる。

彩は少し考え込んでから口を開いた。

「わかりました。でも、この時間は一杯だけです。夕刻に少し飲める時間を設けるか検討してみようと思います」

客が歓声をあげた。よほど嬉しいらしい。

炊いた飯と料理が品切れになるまでは、だいたい一刻である。目まぐるしい忙しさを抜けたけいは、なんとか一息ついた。

「今日も忙しかったですね」

彩に声をかけると、彩が笑顔になった。

「お嬢様のおかげですよ」

「どう見ても彩のおかげじゃない」

「見た目だけです」

彩は素っ気《そけ》ない。昔からだが、彩は自身の成功にはまるで興味がないようだった。うまくいって当たり前、というような風情である。


金四郎は戻ってくるなり、けいに声をかけた。

「では、あざみ屋に足を運ぼうぜ」

「えっ？　わたくしもですか」

「ああ、ちょっと手伝ってもらいてえことがあるんだ」

なにやら金四郎には目論見《もくろみ》があるらしい。

けいは出かける支度《したく》を始めた。

王子も何度も足を運んでいると馴染《なじ》んでくる。「あざみ屋」は、王子稲荷《いなり》からは少し外れたところにある。

人通りが多い場所というよりも、隠れ家に近いような場所にあった。店の他には田畑しかないような場所である。

「どこかで目立ちたいな」

金四郎が言った。

「目立つ？」

「こっそり料理屋に行って誰にも見られないなら、狐にだって目をつけられないからな。せいぜい目立ちたいところだ。ちっと知恵を貸してくれ」

だとすると、やはり派手に買い物をするのがよいだろうか。王子の道端には露店商も多くて、さまざまなものを売っている。

けいは、その中に簪《かんざし》売りを見つけた。

「簪を買いましょう」

「わかった」

金四郎も異論はないようだった。けいは簪屋に近寄ると、黙って簪を見た。

簪は高いものも安いものもある。鼈甲《べっこう》で作った一本が目に留《と》まった。

「これはおいくらですか？」

店主に聞くと、店主は少々驚いた顔をした。

「こいつは二両です。誰も買わない飾り用くらいのつもりだったんですが」

「二両はちょうどいい値段です」

けいは笑顔を作った。目立つにはちょうどいい金額だ。金四郎は懐から紙に包まれた切り餅を出すと、封を切った。

「やれやれ。また新しい切り餅が必要になった」

言いながら店主に二両渡す。店主は二両受け取る。

「二両くらい、いいじゃありませんか」

けいが簪を受け取る。

すると、周りの店の店主が飛び出してきた。

「お内儀《ないぎ》さん。うちのも見てくれよ」

「うちはいい品そろえてるよ！」

言われるままに品物を買う。十両使ったところで、金四郎が遮《さえぎ》った。

「そろそろ食事に行くから。また来るよ」

露天商を振り切る。

「どこに行くんですか、旦那」

「あざみ屋だよ。いい店だって言うからね」

「ああ。あざみ屋」

露天商が納得したような顔をした。どうやら有名らしい。店主たちの様子からすると、印象づけるのには成功したようだ。

「うまくいきましたね」

けいがこっそり言うと、金四郎も頷いた。

「なかなかいい妻っぷりだぜ」

これなら「見習い」が取れる日も近いに違いない。

なんといっても金四郎から「いい妻」と言われたのである。顔が緩《ゆる》んでくるのが自分でもわかった。

そういえば今日は朝、生姜《しょうが》をかじると縁起《えんぎ》がいいというのを守ったことを思い出す。きっと金四郎との仲を生姜が温めてくれたに違いない。

うきうきしながらあざみ屋に着いた。

店の奥から、店主が出てくる。

「ようこそお越しくださいました。ごゆっくりどうぞ」

けいと金四郎は、こぢんまりとした部屋に通された。しばらくして、酒と料理が運ばれてくる。

最初の一品は、なんと沢庵《たくあん》の天ぷらであった。

一口かじると、予想に反してさくりとした食感である。干して水気をなくしている沢庵でも、油で揚げるとみずみずしさが戻るらしい。

次の料理とともに店主が現れた。

「これをどうぞ。胡麻豆腐《ごまどうふ》の天ぷらでございます」

胡麻豆腐は湯葉《ゆば》で包んで揚げたらしい。胡麻の香りと、甘みが口の中いっぱいに広がった。

「美味しい！」

けいが言うと、店主は笑顔になった。

「これは胡麻豆腐の力です。油で揚げて少々後押しをしたまでです。いいですか。天ぷらというのは料理ではありますが、油で揚げる技法のひとつに過ぎません。大事なのはどの食材を使って、誰をもてなすかなのです」

「誰を、ですか」

「どんなお客様に、なにを食べてもらうかですよ。単純に喜んでもらうだけなら誰でもできますから。お客様に驚きを提供したいのです」

「たしかに、沢庵と胡麻豆腐の天ぷらは驚きました」

「家庭料理を美味しくしたものを出して、お金をとるのはつまらない。いままで考えたこともなかったという料理がいいんです」

「そうですね」

　この天ぷらを食べると、天一の天ぷらは普通に思える。たしかに腕はいいが、そこから先は備わっていない気がした。

「ありがとうございます。こんな美味しい料理をいただけて嬉しいです」

　店主が満足そうに笑った。

「高い金を払ってつまらない料理を食わされるほど、悲しいことはないですよ」

　客を驚かせたり、もてなすという発想が、天一には必要なのかもしれない。

　金四郎とけいは店を出る。金四郎が、ふとあたりを見回した。

　それからなにごともなかったように舟八に帰る。

　舟八に着くと、金四郎はけいに声をかけた。

「明日からは一人であざみ屋へ通うからな」

そうして。

金四郎の囮作戦の幕が開けたのだ。

第五章

「金さん、ちっと古着を見に行かないか」

留吉、増吉、小吉の三人が舟八までやってきた。夕七つを少し過ぎ、陽がもう暮れますよというあたりだ。

「いいけど、どうしたんだ？」

「いや、古着屋を冷やかしに行こうかと思うんだけどね。俺たち冷やかしばっかりで買わないから、たまには買いそうな奴を連れてかないと追っ払われちまうんだ」

紙すき職人は、午後遅くから紙を水につけてふやかす。その間ひまなので、吉原を見物する。金を使わない、いわゆる「冷やかし」である。

紙漉町のある三間町《さんげんちょう》の隣にある田原町《たわらまち》には、古着を売る店が多いからよく冷やかすらしい。

「古着屋というのはどういう店なのでしょう」

けいは思わず首を突っ込んだ。

「古着というのは、たまに人間の手が生《は》えてくるというのは本当ですか?」

「嘘《うそ》だよ」

金四郎が言うのに、彩が言葉をかぶせた。

「本当です。古着など買うことはありません」

「手が生えるわけねえだろう」

金四郎が反論する。

「生えなくても古着など必要ありません。でも金さん、あなたは古着でいいです。請人《うけにん》の分際で、仕立てなどとんでもない」

彩がきっぱりと言う。

「わたくしは見てみたいです。彩は来ますか?」

「わたしは留守番をしています。お嬢様はどうぞ楽しんでらしてください。珍しい光景なのは間違いないですよ」

彩自身は行く気がないらしい。けいは金四郎のほうに目をやった。

「では、わたくしは見物に行きます」

五人で連れ立って、田原町のほうに歩いていく。といっても、目と鼻の先といえる距離なのですぐに着いた。

田原町には古着屋が六軒あり、さまざまな古着が並んでいる。男物も女物も、吊《つ》るして売られていた。

「すごいですね」

けいは思わず声をあげた。呉服屋には反物《たんもの》しかないから、完成した着物が並んでいる様子を見ることはない。

さまざまな色調の着物は目にも艶《あで》やかで、見るだけでも楽しかった。

「なかなかいい品がそろってるじゃねえか」

金四郎が着物を見ていると、手代《てだい》とおぼしき男が近寄ってきた。

「なにかお探しでしょうか」

「おう、そうだな。ちょっと若旦那風のがいいな。洒落《しゃれ》たやつ」

「それなら最近、入荷しています」

手代が嬉《うれ》しそうに言う。

金四郎が案内された一角は、いかにも商人風といった着物が並んでいる。金四郎は裏地を確認して唸《うな》った。

「おいおい、裏地が絹のが多いな。こいつは仕立てれば四両はする。ここじゃあどのくらいなんだ？　二両か？」

「一両三分で商《あきな》わせていただいてます」

「そいつは安いね。破格だな」

「ありがとうございます」

金四郎は無造作に着物を手に取っていくが、品のいいものばかりである。金がかかっているように見えても、あまり質のよくないものには目もくれなかった。

留吉が感心したように唸った。

「すげえな。俺はもう目がちかちかしちゃって、なにがなんだかわからねえ」

「着物なんて簡単さ。手ざわりがよければ、あとは好みだよ」

「でも、お目が高いですね。どれも仕立てのいいものばかりです」

手代も感心したようだ。やはり長崎奉行の子としての育ちのよさだろう。

「奥方様はいかがですか？」

手代が声をかけてきた。

「奥方は褒《ほ》めすぎです」

けいは思わず否定した。とはいえ、もしけいが金四郎と夫婦になれば、まさに「奥方」である。

奥方は旗本の妻の名称だ。御家人《ごけにん》なら御新造《ごしんぞ》だし、商人なら内儀《ないぎ》、町方は女房で、職人などはおかみさんである。

持ち上げるための言葉とはわかっているが、けいの雰囲気が武家らしいせいもあるのかもしれない。

「おい、手代。こいつはなんでここにあるんだ？」

古着のひとつを手にしながら、金四郎が言った。

「と、おっしゃいますと？」

「こいつは店の中でも中番頭《ちゅうばんとう》あたりが着るものだ。そもそも屋号紋《やごうもん》が入ってるじゃねえか。番頭なら、どんなことがあっても古着屋に売るもんじゃねえ」

「これは質屋から流れてきたものです」

「質屋？」

金四郎が聞き返す。

「質屋とはなんでしょうか？」

けいの言葉に増吉が噴き出した。

「そうだよな、おけいには縁がないよな。町を歩いていて、将棋の駒《こま》の看板を見たことはねえか？」

金四郎に聞かれ、けいは首を縦に振った。

「ありますけれど、将棋《しょうぎ》を指す場所ではないのですか？」

「違う。大きな将棋の駒で〝歩〟のときは質屋さ。なんでも金に換えるから将棋の駒なんだよ」

「そうだったのですね。知りませんでした。質屋というのは着物も扱うのですか？」

「なんでもさ。しかし、これは店から渡されるものだ。自分の都合で質入れなんてありえねえな」

そう聞いてけいは、はっとした。

「もしかして、狐の仕業《しわざ》でしょうか？」

狐がはいだ身ぐるみが、ここに流れてきたのかもしれない。

「そいつはありそうな話だな。おう、この着物をくんな」

「はい。一両四分でございます」

「さっき三分って言わなかったか？」

「それは隣の着物です」

手代がさらりと言う。

「がめついな。まあいいや、こいつをくれ。ところでこの屋号はどこかな。大の下に二を書いて丸で囲ってやがるぜ」

「日本橋《にほんばし》田所《たどころ》町《ちょう》の白粉問屋《おしろいどんや》、大坂屋《おおさかや》ではないかと思われます」

「なるほど、いいね」

金四郎は納得したようだった。

「こいつは狐の尻尾《しっぽ》を摑《つか》んだかもしれねえな」

「どういうことですか？」

「番頭てなあ滅多《めった》なことで着物を古着屋に売らねえ。ましてや屋号紋の入った着物は店のものだ。土下座《どげざ》してでもこれだけは守るだろう。博打《ばくち》ですったとしてもこいつは流れない」

「やはり、これは狐かもしれませんね」

けいが言うと、金四郎は嬉しそうな表情になった。

「こいつを着て大坂屋に行ってみろ。番頭があわてて飛んできて、事情をなんでもしゃべるに決まってるさ」

たしかにそうだ。番頭としては質屋に着物が流れた、などということはあってはならないだろう。

「白粉屋に俺が一人で行くのも怪しいからな。こいつばかりはちっと付き合ってもらうぜ」

「はい」

けいは大きく頷《うなず》いた。

気になっていた狐の謎が、これで解けることになる。

「なんだかわからねえけど、金さんがすげえことはわかるな」

小吉が感心する。

「わからねえなら感心もするなよ」

「感心だけはできるんだよ」

小吉が言うと、増吉が頭をひっぱたいた。

「お前に金さんのすごさがわかるわきゃあねえだろう。格が違うぜ」

それから、三人は金四郎に頭を下げた。

「じゃあ、俺らは吉原に冷やかしに行ってきます」

「まったく騒がしい奴らだ」

金四郎は苦笑した。

「とにかく、明日は白粉問屋に行ってみようじゃねえか」


翌日、けいは金四郎と連れ立って田所町に向かった。田所町は日本橋で、昔吉原があったころには大通りがあったらしい。

いまでは繁華街という感じはしないが、白粉問屋はその名残《なごり》かもしれない。

金四郎は、番頭の着物のまま、けいを連れて店の中に入る。

店の丁稚《でっち》がぎょっとした顔で金四郎を見た。

「よくいらっしゃいました！」

店の奥から、飛び出すようにして一人の男がやってきた。どうやら着物の持ち主らしい。

「こちらにどうぞ！」

男が、金四郎を店の外に押し出した。顔の色が真っ青である。よほど驚いたらしかった。

「おいおい、客をいきなり外に出すなよ」

金四郎が笑いを含んだ声で言う。

「その着物をどこで手に入れたのですか」

「田原町の古着屋だよ」

「女狐《めぎつね》め。絶対に流さないって約束したのに」

「事情を知りたい。教えてくれ」

金四郎に言われて、男は黙りこんだ。どうやら当たりのようだ。

「別にあんたに何かしようってんじゃないんだ。俺たちは追いはぎ狐を捜してるんだ」

「なぜですか？」

「なんでそんなことをするのか知りたいからな。捕らえるためじゃねえぜ」

金四郎は特別説明はしなかった。

「なんでかは知らないですが、なにか試していると聞きました」

「なにをだ？」

「江戸で売れる天ぷらだそうです」

「天一と同じようなことを言いやがるな」

金四郎が呟《つぶや》いた。

「これから天ぷらは江戸で流行《はや》るかもしれないって言ってましたよ」

「まあ、俺もそう思うけどな」

金四郎も頷いた。

「それにしても、なんだって身ぐるみはがされたんだ」

「値段が高いのです。あれは無茶ですよ」

「いくらだ？」

「二十両」

「そいつは高いな」

番頭の給金は店の大きさで決まる。大店《おおだな》なら年に百五十両も払われることもある。大坂屋は流行っている店ではあるが、そこまで高くはないだろう。

「二十両というと、わたしの半年分の給金です。その場では払えませんよ」

「それで着物を置いてきたってことか」

男は頷く代わりに首《こうべ》を垂《た》れた。

「まさか古着屋に流されるとは思いませんでした」

「それはいつのことだ？」

「半月ほど前でしょうか。たしかに店が忙しくて払いに行けなかったわたしも悪いとは思います」

けいは、気になっていたことを聞いた。

「天ぷらは美味《おい》しかったのですか？」

「はい。とても」

男が頷いた。それから、思い出したように名乗る。

「わたし、番頭の米助《よねすけ》と申します。天ぷらというのはどちらかというと丁稚の食べ物だと馬鹿にしていたのですが、品もよく、あれならまた食べてみたいです」

そう言ってから、首を横に振った。

「あの値段はごめんですけどね」

「二十両じゃなあ」

「ところが、二十両もするというのがいいという方も多いのです。高い金をとれることに喜びがあるようで」

たしかに、高いからこそ美味いという考え方もある。試している、ということは満足のいく結果が得られたら、店をきちんと構えるということだろうか。

「さらわれてみたいな」

金四郎が呟く。

「どういう状況でついていったんだ？」

「それが、辻占《つじうら》をやっていたら声をかけられたんです」

「辻占？」

金四郎がおいおい、という顔をした。

「あんなものやってるのか？」

「けっこう好きで」

「しかし、あれはよ……」

金四郎の言葉に、けいが割り込んだ。

「わかります。いいですよね、辻占」

辻占とは、文字通り辻でおこなう占いである。占いは、高い占い師だと一度で十両もとることがあるが、辻占は安い。

大体十二文だが、安いと六文である。手相《てそう》だけだと六文が多かった。今日の運勢が入ると十二文になるのだ。

「辻占のあとで、狐の面をかぶった女性に声をかけられて、ついていったんですよ」

「それは露骨に怪しいじゃねえか」

「それが、占いで、狐が吉って言われたんです」

「そんな理由で引っかかるわけねえだろう」

　金四郎が毒づいた。

「いえ、引っかかります。わかります」

　占い師にそう言われたら、それはもう狐に興味を持つに決まっている。そこで狐に声をかけられたら、ついていくのは納得できた。

「占い師も仲間なのかもしれないですね」

「まったくです」

　米助が頭を下げた。

「いや、なんでお前らわかりあってるんだ」

「なぜわからないのですか？」

　けいが聞き返す。金四郎はまじないとか占いというものには疎《うと》いから、辻占に言われて影響される気持ちがわからないようだった。

「とにかく、占いに引っかかって狐に会えばいいんだな」

「そうだと思います」

「金を持ってて占いに弱いやつを狙《ねら》うのかな」

金四郎は考えこんだ。

「とにかく、引っかかってみるしかないだろうな」

金四郎はそう言うと、屋号紋の入った羽織《はおり》を脱いだ。

「こいつは返すぜ。ないと困るだろ」

「ありがとうございます」

米助が頭を下げる。

「代わりをお持ちします」

米助が店の奥に入って行った。どうやら、代わりの羽織をくれるらしい。

「それにしても辻占か」

「金さんはよさがわからないんですね」

「何だよ、その目は。わからねえといけないのかよ。そもそもさ、まじないなんて信じるものじゃねえだろう」

「そのうちわかる日が来ます」

米助が羽織を持ってきた。

「これ、どうぞお持ちください」

それから、赤い折り鶴を持ってきた。

「今日は赤が運をあげるんです」

「おう」

金四郎は羽織と折り鶴をもらうと、体に羽織った。岩井茶《いわいちゃ》のすっきりした羽織で、金四郎にはよく似合う。

「仕立てたばかりのものです」

羽織を受け取ると、けいは金四郎と店を離れた。

「それにしても、占いと狐か」

金四郎がまだ納得していないようだった。

「でも、もしあの番頭さんの言葉が本当なら、きっと狐に引っかかることができますよ」

けいは自信を持って言った。

「そうか。じゃあ、けいにいろいろ任せるわ」

金四郎が肩をすくめた。

「お任せください」

答えると、けいは二人で肩を並べて舟八へと戻ったのだった。

金四郎は、王子の町で、辻占を探して歩いていた。身に着けているのは屋号紋の入った着物だ。田原町の古着屋を一軒一軒しらみつぶしに見て回ると、滅多に出回らないはずの屋号紋入りの着物がちらほらと出てきたのだ。

「ほう」

これを着ていると辻占に誘われやすいに違いない。いちいち屋号を確認して誘うわけでもないだろうと、よさそうな着物を買い、その足で王子へと向かったのだ。

よく見ると、たしかにあちらこちらに辻占がいる。

その中に一人、千代紙で折った狐を腰につけている占い師がいた。縁起《えんぎ》を担《かつ》ぐわけではないが、この男にしようと思った。

「おう、占い屋。お前、なにを見られるんだ」

「手相でも筮竹《ぜいちく》でもなんでもいけますよ」

「じゃあ、手相にしよう」

金四郎は右手を出した。手相見は金四郎の手相をじっと見た。

「へえ。あんた、いい手相だね。金も入ってくるけど、じゃんじゃん使う相だね。そのうち大きなことをしそうだな」

「ずいぶん褒めるじゃねえか」

「俺は手相はしっかりしてるんだ。左手も見せてみな」

「違うのか？」

「右手は自分の相。左手は親やらなにやらの生まれ持った相だな」

言いながら、金四郎の左手を見る。

「へえ。あんた、いい家にいる相だね。でも少し複雑かな」

「もういい」

金四郎は手を引っ込めた。占いが当たっているのか身元を調べられているのかわからないが、なんとなく当たっている。

「あと、今日狐に出会ったら乗っかってみるんだな」

辻占が言った。

「狐に縁がありそうなのかい」

「ま、占いだからわからないけどな」

「ありがとよ。いくらだ」

「六文」

金四郎は八文渡すと礼を言った。

「ありがとよ。気持ちをとっといてくれ」

それから、辻占に背を向けた。

家柄がいいけど複雑。もし占い師が手相だけで言っているのなら、けいの言う通り、占いも案外馬鹿にはできないのかもしれない。

天一の店でも冷やかしてみるか、と、天ぷら屋のほうに歩く。

一本の太い榎《えのき》の脇で、狐の面をかぶった男が立っていた。

「旦那、聞いておくんなさい」

「なんですか？」

やわらかい物腰で答えた。

「狐のお酌《しやく》で酒を飲みたくはないですか？」

「ほう。面白いですね。その狐さんは美人なんですか？」

「そりゃもう。相当な美人です」

男が胸を張る。

やはりあの辻占は一味《いちみ》だったのか、と納得する。だが、男の様子からすると金四郎の正体に気がついている気配はない。

占いが本物かどうかのほうがむしろ気になった。

しばらく歩くと、畑の真ん中に一軒の家がある。隠れ家でもなんでもない様子だ。

店に入ると、一匹の狐がやってきた。顔をすっぽりと面で覆《おお》ってはいるが、なかなかの美人なことは見てとれる。

「なんだ、金さんじゃないか」

狐が、聞き覚えのある声をあげた。

それから女が狐の面をとる。なんと、陸尺屋敷《りくしやくやしき》の遊女、夕顔《ゆうがお》だった。

「お前、夕顔じゃねえか。なんでこんなところにいるんでえ」

夕顔は、金四郎の住んでいる諏訪町の近くにある陸尺屋敷という岡場所の看板である。

美貌《びぼう》と気転で馴染《なじ》みの客があとを絶たない。もっとも最近は、自分が客の相手をするよりも、妹分に相手をさせてカスリをとっているらしい。

「なんでって、高い女になろうと思ってるんだよ。金さん」

「高い女ってのはなんなんだ」

「わからないの？　どんなに人気があっても、陸尺屋敷の女じゃ安いんだよ。高《たか》嶺《ね》の花になりたいじゃないか」

「この店で働くと、高い女になるのか?」

「そうだよ。だって、天ぷらだけに揚がった女だろ?」

「なんだよ。駄洒落《だじゃれ》か?」

金四郎が毒づいた。

「狐ってのがいいんだよ。金を払えば抱ける女ってのは、どんなことを言っても見くびられるからね。金を払っても抱けない女になりたいんだ」

夕顔の気持ちもわかる。

「だが、天ぷらでなんとかなるのか? そもそも江戸じゃ、天ぷらは流行《はや》らねえだろうよ」

「だから王子なんじゃないか。ここなら江戸じゃないし、あたしたちも羽を伸ばせるんだよ」

「どんな塩梅《あんばい》で狐になったんだ?」

「それがさ、あたしに料理屋の女将《おかみ》になれって人がいて。乗っかったんだ」

「へえ。料理屋《めかけ》ね」

「もちろん妾なんだけどさ。あたしも決まった人がいて、料理屋の女将になれるなら落ち着くからね」

「しかしよ、この店は追いはぎ狐なんて言われてるぜ」

「追いはぎなんてしてないさ。身ぐるみいただいてるだけだよ」

「それを追いはぎって言うんだろ」

「料理代さ。不味《まず》いものは出してないしさ。こうやって店もあるだろう。もう一回天ぷらを食べたいって客が戻ってくることもあるんだよ」

「しかし、二十両もするんだろ？」

「だからなんだい。そのくらい痛くない客ってのもいるのさ」

たしかにそうだ。狐の天ぷらを食べたということで自慢する客もいるだろう。

「そんなに美味いのか？」

「食べてみる？」

「いや、二十両は出したくねえ。お前の感想でいい。ていうか、食べずに店を出ても平気か？」

「金さんならいいよ。店にはあたしから言うからさ」

「すまねえな。美味いんなら興味はあるけどな」

「たしかに美味しいよ、二十両の価値はないと思うけどね。この店は面白いけどさ。客がたくさん来るようになったら珍しくなくなって駄目《だめ》かもしれないね」

「狐にさらわれるからいいってことか」

「でも、天ぷらって食べ物はみんな気に入ってるよ」

それから、夕顔は金四郎にすり寄ってきた。

「ねえ、金さん。あたしの男にならないかい？　もちろん養ってあげる」

「よせよ。俺はそんなんじゃねえ」

「あのおけいって子、身分違いなんだろう？　いつかは別れる定めじゃないか」

そう言われると、金四郎としては痛い。

けいと別れないということは武士の世界に戻るということだ。そうなれば、いやでも遠山家を継ぐということになる。

そうならないように入れ墨《ずみ》まで入れたのだ。けいのために武士に戻るという決断はできない気がした。

「その話はなしだ。でも、お前が料理屋の女将になれることは祈ってるぜ」

金四郎はそう言うと、店を出ようとした。

「おいおい、若旦那。金も払わずに出て行くっていうのは、なしだろう」

いかにも用心棒という風情《ふぜい》の男が三人出てきた。

「すまねえな。俺は遊び人で若旦那じゃねえ」

金四郎が言うと、夕顔も口添えした。

「その通り、この人は遊び人なんだ」

「じゃあ金はねえってのか」

「すまねえ。ねえな」

金四郎が答える。

「はずれかよ。おかしいな、金持ちだってはずだがよ。夕顔、お前庇《かば》ってるんじゃねえだろうな」

「そんなことないよ」

「まあ、金がないなら仕方ねえ。着物は置いていけ」

「なにも食ってねえぜ」

金四郎が突っぱねる。用心棒も無理矢理、身ぐるみをはがす気はないらしい。

なんとか店から逃げ出した金四郎は、大きくため息をついた。

「店はわかったけど、こいつはどうしたらいいんだ」

とりあえず舟八に帰って考えるしかなさそうだった。


そのころ。

けいは、まったく予想しない状況にいた。彩の言う通り、舟八で酒をゆっくり飲める時間を作ってみたのである。

これが昼以上の混雑であった。

酒の他にはごく簡単なつまみだけである。豆腐《とうふ》の上に葱《ねぎ》をかける、といった程度の簡単なつまみと酒だけといった塩梅だ。

何種類かつまみはあるが、どれも大したものではない。そのわりに値段は張るという代物《しろもの》だ。物好きがやってくるだけだろうと、けいも彩も思っていた。

けいが予想しなかったのは、けいと彩が最大の「つまみ」ということであった。江戸には美人を売りにする店は多い。麦湯売りにしても、蕎麦屋でも看板娘の良し悪しで店の売り上げは変わる。

そして看板娘というのは「元気な江戸っ娘《こ》」と相場が決まっていた。「わけありのお嬢様」が看板娘ということはない。

客のほうは、駆け落ちしてきた姫君だの、没落した大商人の娘だの、勝手なことを語り合っていた。

だからつまみは梅干しだけでもかまわない。酒があればそれでいいのである。しかも昼と違って時間の決まりもなかった。そのために誰もが長居してしまってどうにもならない。

「すいません。お嬢様」

彩がこっそりと謝ってきた。

「気にしなくていいわ。なんだか大人気ね」

けいは思わず笑ってしまった。武家のときにはまったく知らなかった世界だが、江戸っ子に囲まれて給仕をするのはなかなか楽しい。

武家の世界は礼儀にはうるさいが、町人の持っている温かさには欠ける気がした。ここの客にしても、もしけいがなにかを頼めば、立場も報酬も気にせずに助けてくれるに違いない。

金四郎が武士の世界を捨てて町人の世界に馴染《なじ》んでいるのも、なんとなくわかる。もし金四郎が武士の世界に戻らなかったとしても、けいもこのまま一緒にいたい。

そんなことを思いながら給仕をしていると、ふっと視線を感じた。視線のほうに目をやると、こちらを見ている男がいる。

天一だった。

なにかを探っているような目つきだった。

なにをだろう、とけいは思う。単純になんで繁盛《はんじょう》しているのか知りたいということだろう。天一は天ぷら屋を繁盛させたい。でも客は来ない。

しばらくして、客の中に天一が混ざってきた。

「こんばんは」

天一が声をかけてくる。

「どうしてここがわかったんですか？」

けいが思わず聞いた。いくらなんでも偶然が過ぎる。

「捜してたわけじゃないですよ。評判記を見たんです」

「評判記？」

「いまはなんでも評判記に載らないと売れないんですよ。江戸名物、浅草評判、江戸郊外評判という感じです。そしてこれ」

天一が差し出した評判記の番外として「看板娘」という部分に「おけい」と「お彩」という名前が載っていた。さらに〝味よし。ただし酒は一杯だけ〟と書いてある。

「これはなんですか？」

「この店がいま評判だってことですよ。こいつに載らないと商売としては全然駄目なんです。ただ、看板娘が載るって珍しいので、見に来たんですよ。まさか先日の方とは思いませんでした」

「なんですか？」

彩ものぞきに来る。

「ああ。評判記に載ったんですね」

彩は、さして驚いた様子を見せなかった。

「評判記のことって知ってたの？」

「江戸はなんでもこれですよ。米だって、仙台《せんだい》米がいいだの美濃《みの》の米がいいだのってうるさいんですよ。最近じゃ、魚沼《うおぬま》ってところの米が急上昇です」

「そうなのね」

「みんな、自分の舌でも目でもなくて、評判記の文章を見て店を決めるんですよ。だからこう、喧伝《けんでん》する力があるところが強いんです。腕よりも口ですよ」

彩は嘆《なげ》かわしい、という様子で肩をすくめた。

「なので見物に来たんです。邪魔なら帰ります」

「いいえ。大丈夫ですよ」

けいは天一を席に通した。

「つまみはなんでもいいです」

天一が遠慮深く言う。

評判記が一番というのは考えたことがなかったが、たしかにそうだろうと思う。剣術の世界でも、有名な道場に人が集まる。だから、道場破りで名をあげたい剣術使いがあとを絶たないのである。

「ではわたくしが看板娘になれば、あっさりと客が来るのかもしれませんね」

「それですよ」

天一が真面目《まじめ》な表情になった。

「出張小町ってことでどうでしょう」

「出張小町……」

看板娘の出前のようなものらしい。それも面白そうだ、と思わないでもない。ただあまり評判になると、身元がわかってしまってややこしくなりそうだった。

「お、天一さんじゃねえか」

金四郎が帰ってきた。

「店はどうでい？」

言いながら天一の前に座る。

「それがさっぱりでして」

「まあそうだろうな」

金四郎があっさりと言う。

「相談に乗ってくれるんじゃなかったのかい」

「乗ってやるけどよ。お前の店にゃあ足りないものが多いんだ」

「なんだい」

天一が身を乗り出した。

「まず雰囲気だよ。喧嘩《けんか》してるみてえな顔して鍋眺めてるのはわかるけどよ。こみたいに明るく騒ぐって感じはしねえだろ？」

「天ぷらは真剣勝負だから」

「だからさ。真剣勝負が好きな客ってどれだけいるっていうんだ」

「いないかな」

「いや、いるけどさ。天ぷらってのは駄物《だもの》だってみんな思ってるじゃねえか。でも真剣勝負が好きなのは金を持ってるやつなんだよ。お前がやってることと客筋が全然合わねえんだ」

「なるほど。でも、どうしたら駄物だって評判が覆《くつがえ》るんですかねえ」

天一がため息をつく。

「まあ、また考えましょう」

けいが言う。

「出張小町も悪くないと思います」

「また来ます」

天一が帰って行った。

「そういえば、あの男はなにも食べませんでしたね。相談に来たのに無礼な」

彩が不愉快そうに言った。

「まあまあ、いいじゃねえか。今度は赤か白か選ぶ時分に来させるよ。そのほうが店の繁盛の秘訣《ひけつ》がもっとわかるだろう」

金四郎が苦笑する。

――選ぶ。

その言葉を聞いた瞬間、けいの脳裏になにかが閃《ひらめ》いた。

「そう、それよ。選ぶのよ」

「なにをだ？」

「天一さんか誰かを」

「料理勝負ですね」

彩が言った。

「そう、それ」

「たしかにそいつは手だな」

江戸では料理勝負はよくおこなわれる。どちらが美味いか、という勝負は江戸っ子は大好きだし、金も賭けられる。

そして勝負に勝てば、店も注目されるのだ。

「おう。料理勝負といこうじゃねえか」

金四郎がやや興奮した声を出した。

「店が落ち着いたら、天一さんのところに行きましょう」

けいはほっとして言った。

これで、なんとか解決策が見つかりそうだった。


天一の店に到着し、中に入ると、綺麗《きれい》さっぱりなにもかもなくなっている。もう戻ってくる意思がないことが、その片付けっぷりから見てとれた。

掃除もきちんとしてある。大家に文句を言われないためだろう。

「まいったな。どうしよう」

金四郎の顔からさすがに血の気が引いていた。天一の店はすっかりもぬけの殻《から》になっている。

「夜逃げかな」

「どういうことなんでしょう」

けいにもどういうことかわからない。

金四郎が舌打ちした。

「騙《だま》されたのでしょうか」

「まったくひどい男だね、天一は」

そのとき、後ろから声がした。

「請人《うけにん》の金四郎さんだね」

振り返ると、四十がらみの恰幅《かっぷく》のいい男がいた。後ろに源蔵と、もう一人男を従えている。けいを誘いにきた平次だった。

「誰だ、っていうか源蔵。なんでここにいやがるんだ」

「少し縁がありまして」

源蔵は平然と言った。

「天一さんはどうしたのですか」

けいが尋ねると、平次は肩をすくめた。

「こちらが聞きたいですよ」

「あんたは？」

金四郎は恰幅のいい男に声をかけた。

「金貸しの吉兵衛《きちべえ》です。ここの店主に金を貸していてね。返してもらおうと思って来たんですよ」

「どうして二人がここにいるのですか。平次さん、源蔵さん」

「吉兵衛さんはわたしたちの金主《きんしゅ》なのです」

どういうことかはわからないが、二人は悪巧《わるだく》みに荷担《かたん》しているらしい。

狐の店が天一とつながっているというのは、いかにも怪しい。もしかしたら天一は、かどわかされたのかもしれなかった。

吉兵衛は証文を出した。金二十両とある。

「元金が二十両に、利息が十日ごとに一割つきます」

「なんだって！　そいつはめちゃくちゃじゃねえか」

「証文がありますよ」

けいも、男を睨《にら》みつけた。

「あまり法外な金利はお咎《とが》めがありますよ」

「それは江戸の話でしょう？　ここは王子ですよ」

吉兵衛は涼しい顔で言った。

江戸には金利の上限は一応ある。年間で一割五分が決められた利息だ。だが、実際にはなかなか守られていない。ひどい金貸しだと、一年で百倍にもしてくる。

「そこのお嬢さんを買い取ってもいいですよ」

吉兵衛はけいのほうを値踏みするように見た。

やはり身売りなのか。けいは思わず体を震わせた。

「おけいは関係ねえだろう。最初からはめるつもりだったんだな」

金四郎が毒づく。

「そんなことないよ。わたしは美味《おい》しい天ぷらが食べたかったんだ。だから金を出したのに。ああ残念だ」

「では、お金よりも美味しい天ぷらなんですね」

けいが吉兵衛に言う。

「そうだな。美味い天ぷらなら、この借金くらいチャラにしてもいいさ」

「では、ひと月のちにこの金さんが美味しい天ぷらを作ります」

けいがきっぱりと言った。

「なんだって！」

金四郎が叫ぶ。

「無茶言うねえ。おけい」

「無茶でもやりましょう」

それからけいは吉兵衛を見据《みす》えた。

「ただし一人ではありません。みなで力を合わせます」

こんな喧嘩を売ってはいけない、と心の中で声がする。いくらなんでも無茶過ぎる。金四郎も自分も料理などろくにできないのだ。

それでも、このまま引き下がるわけにはいかない。

吉兵衛は一瞬驚いたのちに、にやりと笑った。

「いいだろう。ただし、もし天ぷらが不味かったら、ひと月分の利息を加えて三十両の借金になるぞ」

「いいでしょう。ただし、あなたがいかさまをしないように、こちらからも立会人を出します。美味しいのに不味いって言われてはたまりませんから」

「そんなケチなことは言わないが、疑いはもっともだ。いいだろう。だがお嬢さん、天ぷらっていうのは駄物に見えて難しい。たったひと月ではなにもできないよ」

「金さんならできます」

けいは啖呵《たんか》を切った。もうこうなってはどうしようもない。無理でもなんでも、金四郎が天ぷら勝負に勝つしかないと思った。

金だけなら、誰かに借りてなんとかすることもできるだろう。でもそれでは金四郎の一方的な負けだ。

単純に足をすくわれた、ということにしたくない。たとえ負けたとしても勝負はして欲しかった。

「そんなこと言って、負けたら三十両だよ」

「いざとなったら、わたくしが身を売ってでも払いますよ」

これは読本《よみほん》だと失敗して身売りする展開だ。自分で自分を危機に陥《おとしい》れるようなことはやめたほうがいい。

「いいんですか、そんな強気なことを言って。あとで後悔しますよ」

「勝てばどういうことはありません」

負ける気がするからやめたい、と心の中で強烈に思った。が、とまらない。

けいの言葉に、吉兵衛は満足そうに笑った。

「あんたなら三十両の価値は充分にあるだろう。わかった。ではひと月後にしよう。逃げないと信じてるよ」

そう言うと、吉兵衛は帰って行った。

吉兵衛の背中を見送ったとたん、膝《ひざ》ががくがくする。思ったよりもずっと気が張っていたらしい。

「おい、大丈夫か？」

金四郎が声をかけてきた。

「身売りすることになる気がします。どうしましょう」

「落ち着け。大丈夫だよ」

「大丈夫じゃないのは金さんでしょう。なんですか、ころっと騙されて」

「面目《めんぼく》ない」

「最初から狙《ねら》ったのか夜逃げかはわかりませんが、こうなったら美味しい天ぷらを揚げて相手を見返してやりましょう」

けいが金四郎を睨む。

「負けたままなんて許せません」

けいの言葉に、金四郎も頷いた。

「そうだな。やはりここは勝負をしないといけないな。だが、俺は天ぷらなんて揚げたこともねえぜ」

「前に行った天ぷら屋さんにコツを習いましょう」

「そうだな」

「まずは舟八に帰りましょう」

けいは、金四郎と並んで歩きはじめた。

時間がたつと、無茶な約束をした気がしてくる。吉兵衛の言葉に腹が立ってしまって、つい喧嘩を売ってしまった。

もう少し思慮深く生きないといけない、と反省する。

帰り道に、前に行った日暮里の団子《だんご》屋の前を通った。

「おう。団子でも食わないか」

金四郎が言った。

「そうですね。お腹がすきましたね」

くよくよしていても仕方がない。けいも賛成する。とにかく腹を満たしてから考えるべきだと思った。

「お、また来てくれたんだね」

店主が嬉しそうに声をかけてきた。

「おう。腹が減っちまってな」

「団子はけっこう腹にたまるからね。しかしお前さん、ちょっとしけた顔をしてるな。そんな顔してたら運が逃げちまうよ」

「まったくだな。揚げ揚げでいきてえな」

金四郎が言うと店主が笑った。

「そうそう。うだつと天ぷらは揚がるほどいいよ」

「てことは、天ぷらは流行ってるのか？」

金四郎の言葉に、店主は首を横に振った。

「流行ってはいねえな。たださ。あれって腹にたまるからさ。神社の境内《けいだい》なんかではよく店を出してるね、最近は」

どうやら、天ぷらが人気を博す気運はあるらしい。金四郎の見立てが間違っていたわけでもないようだ。

「それにしても逃げられるとは思わなかったな。そういうやつには見えなかった」

　金四郎がぼやいた。

「本当に逃げたのでしょうか」

「どういうことだ？」

「あの吉兵衛という男にかどわかされて、金さんから利息も含めて受け取ったあとで解放するとか」

「そんなことしたらお縄だろう。いや、俺の知らないところでやればいいのか」

　もし、江戸から出ていったのであれば、金四郎には逃げたとしか思えない。だが、奉行所に訴えるにしても証拠も弱いだろう。金四郎が請人になるのがいやで嘘《うそ》をついたと、取られるかもしれない。

　天一にしても、はいそうですか、と江戸周辺から出られるわけではない。なんの許可もなく地方に行けば無宿《むしゅくにん》人になってしまう。

　引っ越すというのは、ちゃんと寺に届けを出して、先方の寺が身元を引き受けてはじめて成立する。

　どこかの寺が檀家として認めてくれなければ、普通には生きられないのである。

つまり、天一がまったく状況を知らなかったとは考えにくい。ただ、金四郎を騙したとしても一生暮らせる大金が入るわけでもない。

思ったよりもけちくさいことだといえた。

団子が五本、運ばれてくる。

「まあ、食おう」

金四郎が団子にかじりつく。

けいは店主に声をかけた。

「聞きたいことがあるのです」

「なんだい?」

「この団子のように、毎日同じように美味しいものを出すのは難しいと思うのですが、ただ一度だけなら素人《しろうと》でも美味しい団子を作れますか?」

店主はどう答えようか、という表情をしたが、頷いた。

「そうだな。ただ一度というならできないこともねえな。美味いの種類が少々違うからな」

「種類?」

「この団子は、美味く作ってるけど、美味過ぎないようにしてるんだ」

「どういうことですか？」

「美味いっていうのは過ぎると飽きるんだ。だからこういう店では、美味さを控えて明日も食べたくなるようにしてるんだ」

「どうすれば控えるということになるんですか？」

「たとえば甘みはさ、髪の毛の先までしびれるほど甘くしたほうが美味い。しかし完全に満足したら、客はしばらく来ねえ。味は強くしたほうがいいんだが、し過ぎるのは駄目さ」

普段の味は特別な味とは違うということだろう。一発勝負なら、金四郎にもなんとか目があるかもしれない。

団子屋から出て舟八に向かう。

彩はもうすっかり客をさばいて、ひと息ついていた。

「お帰りなさいませ」

彩が頭を下げる。

「天一さんが雲隠れしたかもしれないの」

けいは今日のことを彩に話した。

「なるほど。まんまと騙されたのですね」

彩は金四郎に目をやった。

「軽率な判断で、お嬢様に迷惑をかけている気分はどうなのですか?」

「面目ねえ。言葉もねえさ」

金四郎がすまなそうな声を出す。

「問題はなぜこうなっているかですが。不自然極まりないですね。この男を引っかけてもなんの利益にもなりません。たかが三十両を奪ってもつまらないだけです」

彩の言葉に、けいも納得した。

「そうなのよ。もう少し大きな利益を狙っている気がする」

もしかしたら、金四郎が長崎奉行の息子だとわかっての仕掛けではないだろうか。

いくら家を出て遊び人をやっているといっても、まるで誰にも気づかれないということもないだろう。

だとすると、長崎奉行の弱みを握って便宜《べんぎ》を図ってもらうことを考えついたとしてもおかしくない。

「金さんの父君が本当の的《まと》ということかしら」

けいが言うと、彩も同意する。

「もしかしたら長崎の天ぷらが出てきたのも、長崎にいた者が関わっているからかもしれません」

彩は思案していたが、自分の中で納得がいったようだった。

「大奥狙いかもしれません」

大奥は、考えられないほどの金を持っている。幕府の財政を圧迫するほどの使いっぷりだ。

大奥の女たちは珍しいものが大好きである。その中でも長崎から入ってくる南《なん》蛮《ばん》渡来のものには金を惜《お》しまない。

もし長崎奉行の弱みを握ることができたなら、大変な利権といえた。

市井《しせい》がどうであれ、大奥に気に入られれば料理屋は安泰だ。金四郎を引っかけて大奥への入り口にしたいと考えると納得できる。

「しかしよ。俺は家を出てるんだから関係ねえだろう」

「遊び人の息子がいるということで長崎奉行からの失脚でもいいでしょう」

けいが答えた。

「なんせ長崎奉行は金を生む泉のようなものですから」

彩に言われて、金四郎は黙り込んだ。

長崎奉行は、家格が低くても才覚のある者を起用する。遠山家も五百石だが、金四郎の父の景晋の才覚で長崎奉行である。実入《みい》りでいえば五千石の大名にも匹敵するに違いない。

それだけに妬《ねた》む者も多い。景晋の失脚の材料を手に入れることができるならそれもよしとするに違いない。

「とにかく、みなが納得する天ぷらを揚げる以外の方法はないでしょう」

彩が言う。

「そうね」

けいも相槌《あいづち》を打った。

「お金は気にしなくてもいいです。そんなはした金でなにがどうなるものでもないでしょう」

彩が平然と言い放った。

「とはいっても、勝負に勝つほうがなかなか大変でしょう。美味しい天ぷらというものがどういうものなのか、考えないといけませんね」

「そう。天ぷらのことを知らなすぎるわ」

「そうですね。ただ、選べる方法は多くはありません」

彩が反論する。

「そうなの？」

「長崎の天ぷらは、難しすぎてそもそも作れません。そこらの屋台で揚げている天ぷらの美味しいものを作るしかないでしょう」

たしかにそうだ。素人である以上は、できることをするしかない。そうだとすると、どのようなものがいいのだろう。

金貸しの吉兵衛はさまざまなものを食べているだろう。ありふれた天ぷらでは鼻で笑われそうだ。

かといって、たとえば高い材料で勝負しても、認められないだろう。どんな勝負であれ、相手に驚きを与えて勝つのが一番である。

もうひとつは、極意である。

「天ぷらの極意というのはなんでしょう」

けいが尋ねると、金四郎が首を横に振った。

「そいつはわからねえな」

「では、聞きに行きましょうよ」

けいは、黒船町の天ぷら屋に話を聞こうと思った。あの店の天ぷらはたしかに美味しい。客層が悪いから行けないだけだ。

「そうだな。聞くのが一番だろう」

金四郎も賛成する。

「では行ってらっしゃいませ」

「彩は行かないの」

「はい。これはわたしが介入する問題ではありません。助言はしますが、解決はお二人でどうぞ。どのように親しい間柄であっても、手を借りずに自分で解決しなければいけない問題はあるのです」

たしかにその通りだ。

けいは金四郎と連れ立って、黒船町まで足を運ぶことにした。

天ぷら屋は、金四郎から話を聞くと腕組みをした。

「なるほど、極意か。といっても天ぷらの極意ってなあ簡単だ」

「難しいのはわかるけどよ」

「極意というんなら、ちょうどいい揚がり具合に天ぷらを引き揚げるだけだ」

「案外単純なんだな。そいつは大変だ」

「単純なら簡単なんじゃないですか？」

「いや、単純なほうが難しいな。自分の感覚が少し狂っても駄目だからな」

「弓のようなものですね」

けいが言うと、天ぷら屋が笑いだした。

「弓なんて普通は持ったこともねえですよ、お嬢さん」

「嗜《たしな》みではないのですか？」

「ないない」

天ぷら屋が右手を横に振った。

「すいません」

けいは謝った。町人は弓を嗜みにはしないらしい。箱入り娘が過ぎる、と反省する。

「ところで、不躾《ぶしつけ》だけどよ。俺に天ぷらの揚げ方を教えて欲しいんだ」

金四郎が言う。

「なんでだ？」

「わけありってやつでな。頼むよ」

「まあ、金さんには世話になってるしな」

「わたくしもお願いできますか?」

けいは思わず口を出した。

「お嬢さんがか?」

「はい」

「あんた、金さんのなんなんだい?」

「押しかけ女房見習いです」

「押しかけ女房で、なおかつ見習いなのか?」

「はい」

店主が金四郎のほうに視線をやった。

「わけありかい?」

「まあ、そうだな」

「なんで見習いなんだ?」

「俺が女房だって認めてねえからだよ」

金四郎が答えると、店主が天を仰《あお》いだ。それから金四郎の右肩を思いきり手のひらで叩《たた》く。

「見損なったぜ、金さん。あんたは男の敵だ」

「なんだよ。それは」

金四郎が眉を逆立《さかだ》てた。

「こんな別嬪《べっぴん》さんが押しかけてるのに見習いたあ、男がすたる。誰を敵に回したって、女房にしてやるのが心意気ってもんだろう」

店主の言葉に、周りから拍手が起きる。

「なんだよ、俺が悪いのかよ」

金四郎がむくれた顔をする。

「でも天ぷらってのは、女にはなかなか難しいですぜ」

店主が困惑した顔をする。

「いいじゃねえか、教えてやれよ」

「俺たちもそこのお嬢さんの揚げたのが食いたいな」

「少々焦《こ》げてても文句言わねえよ」

まわりから野次《やじ》が飛んだ。店主のほうは、腕を組んで考えたが、しばらくして首を縦に振った。

「まあいい。なんかわけありみたいだしな。俺は天ぷら屋の清五郎《せいごろう》。よろしくな」

「けいと申します」

「おけいさんか。いいだろう、基本は教えてやる」

それから、清五郎は金四郎のほうを見た。

「金さんにもついでに教えてやるよ」

「よろしくお願いします」

けいは改めて頭を下げたのであった。

「なんだか嬉しそうだな」

金四郎が憮然《ぶぜん》とした様子で言った。

「嬉しいですよ。金さんと二人で修業って。それにみなさん、わたくしを押しかけ女房だって認めてくださってますし」

「見習いだからな、見習い」

金四郎が強調する。そうは言っていても、なんとなく受け入れてもらえそうな気がして嬉しい。

店でも頑張って夫唱婦随《ふしょうふずい》で行こうと決めていた。

はずだった。

「油がはねました！」

けいが思わず飛びすさった。

「当たり前だろう、天ぷらなんだから」

「恐ろしいです」

けいが答えると、清五郎は困った顔をした。

「そうだな、怖いな。しかしそれは慣れるしかねえだろう」

清五郎に言われて、たしかにそうだと思う。

「店としてはありがたいが、慣れたほうがいいぜ」

「ありがたいのですか？」

「周りを見てみろ」

いつの間にか、天ぷら屋の周りには人だかりができている。

「あんたみたいな別嬪が〝きゃっ〟だの〝いやん〟だのってぴょんぴょん跳ねてたら、稲荷《いなり》神社の参拝客くらい人が来ちまうよ」

それから清五郎は行列に叫んだ。

「天ぷらが焦げてても値引きはしねえからな！」

けいと金四郎は、清五郎の指示で天ぷらを揚げはじめた。どうやら材料によって揚げる時間が違うようだ。

油を入れる鍋も、低い温度の鍋と高い温度の鍋がある。たまに火からおろして油の温度を調整する必要もあった。

揚げるだけでも大変なのに、これはなかなか難しい。それでも客は喜んでくれているようだった。

それから十日の間、けいと金四郎はひたすら天ぷらを揚げ続けた。

そして十日して。

「うん、駄目」

清五郎が投げやりに言った。

「天ぷらを揚げる才能がないな。二人とも」

「全然か」

「うん、駄目だな。金さんはさ。耳はいいんだが、ちっと気が短くてよ。少しだけ揚げるのが早いんだ。おけいさんは、一瞬遅い。これはなかなか直らねえからな」

「早すぎと遅すぎですか」

けいが言うと、清五郎が深く頷いた。

「ああ。これは体がどう動くかだからな」

才能がない、と言われるとどうしようもない。清五郎の言葉にも嘘《うそ》はないだろう。たしかにけいは、どう頑張っても一瞬遅いのだ。

「おけいさんを応援したいのはやまやまだけどさ。これぱっかりはどうにもならねえ」

清五郎に言われてはどうしようもない。

「ありがとうございました」

清五郎に礼を言うと、けいは金四郎に連れられて天ぷら屋をあとにした。

「早すぎと遅すぎってなあ、どうにもならねえな」

金四郎がため息をついた。


「早すぎと遅すぎですか」

帰宅後、二人から話を聞かされた彩は目を丸くした。

「たしかにありそうな話ですね。お嬢様はやはりおっとりしていますし、金さんは我慢がきかないでしょうから」

「おいおい。俺のほうにはなんだか悪意がねえか？」

「悪意ならあります」

彩はあっさりと言った。

「それにしても早いと遅いですか。混ぜることもできないですからね」

彩に言われた瞬間、けいはふと閃くものがあった。

「混ぜるのはどうでしょう」

「混ぜる？」

「金さんが掛け声をかけて、そのときにわたくしが引き上げればちょうどいいのではないですか？」

「いや、それは無茶じゃねえか」

金四郎が口を挟《はさ》む。

「そうでもないでしょう。試す価値はあると思いますよ」

けいが反論する。

彩もけいに賛成した。

「たしかにやってみても悪くありません」

「このまま駄目で終わるわけにはいきません」

「また明日にでも試してみましょう」

けいは、この「夫唱婦随」に賭けてみるつもりだった。一人では駄目なことも、金四郎とならできる気がする。

「明日はちょいと俺は休むぜ。やることがあるからな」

そう言うと、金四郎はさっさと部屋に戻って行った。

「うまくいくかしら」

けいが言うと、彩はくすりと笑った。

「お嬢様は無茶がお好きですから。今度もきっと道理のほうが引っ込むでしょう」

「わたくし、そんなに無茶はしていません」

けいは思わず頰《ほお》をふくらませた。彩はそれを見ないふりをして言葉を続ける。

「問題は、本当に金さんを狙った仕掛けなのかですね」

たしかにそうだ。こればかりはけいにもわからない。いまはとにかく天ぷらを揚げるしかなかった。

「今日は帰ります。また明日」

彩も素早く帰る。

部屋に戻ると、金四郎はもう寝息をたてていた。金四郎はとにかく寝つきがいい。寝るとなったら、あっという間に寝てしまう。

布団《ふとん》に戻って今日のおさらいをしようと一息ついた瞬間、強烈な眠気とともにけいも眠りに落ちた。

第六章

翌日。

金四郎はあらためて王子を歩いていた。どう考えても腑《ふ》に落ちない。金四郎が天一の店に足を運んだときに金貸しが現れるというのは、金四郎を張っていたのではないかと思えた。

単に請人《うけにん》を見つけるだけなら、張っている必要はない。舟八に来ればいい。なぜあそこにいたのかが気になった。

そこで、大家を捜そうと思ったのである。

店があるなら、必ず大家がいるからだ。大家というのは地主のことではない。店なり家なりを管理する立場の人間である。

大家は地主から物件を預かって、家賃をとりたてたり、もめごとを解決したりする。結婚のときにも、大家は店子《たなこ》の結婚なら必ず立ち会う。店子の天一が逃げて、大家がなにも知らないということはない。もし本当に失踪したなら、届けを出す必要もある。

結婚でも離婚でも引っ越しでもなんでも届けである。旅行ですらも、届けを出さないで行くことはまずない。

例外といえば内緒で伊勢《いせ》神宮に行く「抜け参り」くらいなものだ。それでも書き置きくらいは残していく。

江戸っ子は書類に縛られた生き方をしているといってもいい。

先日は借金のことで驚いて、肝心なことを忘れていた。

王子は江戸ほどしっかりしていないにしても、大家はいるだろう。

金四郎が調べると、王子権現のわきに大家の家はあった。

「おう。邪魔するぜ」

大家の家はかなり大きくて、商家としてはなかなかの規模に見える。

金四郎が声をかけると、すぐに丁稚《でっち》がやってきた。

「金四郎様ですね」

「おう、お前は?」

「ここの丁稚で市松《いちまつ》と申します」

市松は十歳くらいだろうか。利発そうな顔立ちをしている。

「なんで俺のことを知ってるんだ？」

「天ぷら屋の請人の方ですから。しっかりと覚えています」

「へえ」

どうやら、金四郎が思っているよりもさらにしっかり見張られているようだ。

「ところで、ここは誰の店なんでえ」

「金貸しの佐村《さむら》吉兵衛様の店でございます」

市松が言う。

「吉兵衛ってのは大家も兼ねてるってのか」

金四郎は少々驚いた。そして、自分が全然違うことで踊らされていたのではないかと思い至った。

そういえば、賭場《とば》で請人を探すというのもおかしな話だ。金四郎が引き受けることが不自然というよりも、金貸しが金四郎で納得することが不自然である。

最近、町でちやほやされ過ぎて、気持ちがおかしくなっていたのか。

いや、これは金四郎が長崎奉行の家に育っていた気分が抜けなかったというべきだろう。

町人が一生かかって貯めるような金額も、長崎奉行なら一刻《いっとき》あまりで使うこともある。

「お坊《ぼっ》ちゃん」気質に過信が加わったせいといえた。

今回はなにもかも失態だ、と金四郎は唇を嚙《か》んだ。ただ、こういうときはいい恰好《かっこう》して見返そうとしないことが大切だ。

みっともないなら、みっともないなりに解決するほうがいい。

金四郎は最初から監視されていたような気がする。天一に相談されたときには
もう籠《かご》の中だったのかもしれない。

駒《こま》にされていたのか、と金四郎は思った。数か月前に、けいと賭場で暴れたことがあった。そのときに目をつけられたのかもしれない。

犯人の目的は、金四郎をなにかしら勝負に持ち込むこと。うまくして、けいが賞品になればなおよしというところだろう。

どう転んでも、金四郎は「うまくやられた」ということになる。

「吉兵衛に会わせてくれねえか」

「主人に聞いてまいります」

市松は奥に入って行った。金四郎は市松を待っている間、考えた。これが勝負だとするとどうなるのだろう。金四郎が美味《うま》い天ぷらを揚げるだけでは、勝負にもなにもなりはしない。

しばらくして市松が戻ってきた。

「主人はお会いにならないそうです」

「なんだって。どういうことでえ」

「勝負まで会うのはお預けだそうです」

「なんだって」

あっさりと追い返されてしまった。おいおい、と肩をすくめる。どうやら完全に罠《わな》にはまっているようだった。

「こうなったら、意地でも美味い天ぷらを揚げてやる」

独り言を呟くと、王子をあとにする。吉兵衛が大家だとすると、天一はかどわかしなどではなくて、金四郎を罠にはめる意図があったということだ。

兄貴だなんだとおだてられて、なんでもかんでも人助けに乗り出していた自分が悪いのだろうと思う。

とにかく、いまは美味い天ぷらに集中しよう、と決意した。

舟八はまだ賑わっている。つまみがほとんどなくなっても、酒を飲んで粘っている客がいた。

彩が叩《たた》き出しても、あとから湧いて出るらしい。

たいした女だ、と金四郎は感心する。普通は商人の娘といっても、商才があるかどうかはわからない。

おまけに、どんなに商才があってもどこかに嫁《とつ》ぐなり婿《むこ》を取るなりすれば、夫の陰に隠れることになるのだろう。女が自分の才覚で生きるのは、ほぼ無理といってもいい。

その点、彩は天分を生かしている。

そんなことを思っていると、彩が目ざとく金四郎を見つけた。

「顔が晴れやかですね。いい方法でも閃《ひらめ》いたのですか？」

彩に言われて、金四郎は大きく頷いた。

「ちょっと金を貸してくれ」

「お嬢様。この男は言ってはならないことを言いましたよ」

彩がけいに向かって呼びかけた。

「なんだ、そりゃ」

金四郎が反論する。

「おだまりなさい。帰ってくるなり〝金を貸せ〟。次は〝勝ったら倍にして返す〟ではないですか？」

「倍たあ言わないが、勝ったら色をつける」

「女にたかる典型的な手口ですね」

彩が冷たく言う。が、これは言い過ぎだろう。金四郎になにか思うところがあるらしい。

「どうしたのですか？」

「うん。今度の天ぷらなんだがな、どうも賭けの駒にされる気がするんだ」

金四郎がいい天ぷらを揚げられるかどうかが、賭けの対象になっている気がするということらしい。

だからさ、と金四郎は続けた。

「俺は俺に賭けて、あいつをへこませたいんだ」

「やりましょう」

けいは即答した。いずれにしても、この勝負を避けることはできない。みなを唸らせる天ぷらを揚げるだけだ。

彩が、やれやれという顔をする。

「揚がり具合を五分にできるのだとしたら、あとは衣とタネでしょう。油は天一と同じ椿油《つばき》でいいでしょう」

それから、けいは金四郎との「夫唱婦随」に挑戦することにした。

思ったとおり、というか、思った以上、というか、息ぴったりという感じで綺《き》麗《れい》な天ぷらが揚がる。

「これは夫婦《めおと》揚げというのがいいでしょうね」

彩が言う。

「夫婦見習い揚げだな」

金四郎が反論した。

「夫婦揚げです。天ぷらに罪はありません」

けいが言うと、金四郎が肩をすくめた。

「そうだな。じゃあ、夫婦揚げと行こうじゃねえか」

やっと、という形で来た勝負の日の朝。

「お嬢様、お願いがあるのです」

彩が真面目な表情でけいの目を見た。

「なんでしょう」

「以前、体に絵を描いたという話を聞いたのですが、本当ですか？」

「ええ」

けいが答えると、彩は嬉しそうにほほ笑んだ。

「今回も描いて欲しいのです」

「いいわ。でもどうして？」

「内緒です」

彩はそう言うと、外から人を呼んだ。どうやらもう手配しているらしい。

「梅を描いてちょうだい」

けいは、言われるままに体に梅を描かれた。

理由はわからないが、彩に考えがあるらしい。片肌を脱げるように胸にはしっかりとさらしを巻く。

「では行きましょう」

その日、けいが連れていかれたのは王子にある料理茶屋だった。座敷の中に天ぷらを揚げることのできる場所がしつらえてある。

そこには天一がいた。

「今日の勝負はよろしくお願いします」

天一が頭を下げる。

「おい。勝負ってどういうことでえ」

金四郎が顔色を変えた。

「まさか、ただ天ぷらを揚げるだけなんてつまらないことをするわけないでしょう。今日はあなた方とこちらの天一さんの勝負ですよ。お客さんに楽しんでもらえるように頑張りましょう」

吉兵衛と天一、そして客が五人いた。どうやら審査員らしい。こちらはけいと金四郎、彩の三人だ。

「この先生方が公正に審査します」

吉兵衛が胸を張る。

「てめえ、はめやがったな」

「なんのことかわからないです。勝負に勝つ自信がないですか?」

吉兵衛が馬鹿にしたような声を出した。

「審査員がぐるじゃねえって保証はあるのか。全員ぐるなら勝ち目はねえじゃねえか」

「それはありませんよ。外相場《そとそうば》を張っていますからね」

吉兵衛が言った。

「あなただってさっき加わったでしょう?」

「たしかにそうだな」

「外相場とはなんですか?」

けいが聞く。

「外相場ってのは博打《ばくち》の一種さ。賽子《さいころ》の丁半《ちょうはん》じゃなくて、胴元《どうもと》と特定の子のどちらか勝つかに賭けるんだ。そのときは審査員は公平じゃないと斬られるからな。安全とはいえる」

「金さんは賭けに混ざったのですか?」

「どうせなら勝ちたいじゃねえか」

彩があきれたような顔をした。

「こんなときに博打ですか。なにを考えているのかわかりませんね。でも公平な勝負とわかったならそれでいいです」

「でも、本職に勝つのは難しいわ」

「大丈夫です。この勝負は勝てますよ、お嬢様」

「なぜ？」

けいはびっくりして彩に聞いた。

「こちらには役者が二人いますからね」

彩が意味深に言う。

「ここは信じてください」

「わかりました。なにか考えがあるのですね」

「はい」

「おう。ここに天一がいるなら、請人として俺が立つ必要はねえだろう」

「勝負を受けたんだから関係ないでしょう」

吉兵衛が笑いを含んだ声を出す。

「そもそもご自分の勝ちに百両も賭けたではないですか」

「それはそうだけどよ」

「大丈夫。そちらのお嬢さんの体ひとつで引き受けますよ」

それから、吉兵衛は賽子を出した。

「どちらが先に揚げるか、賽子の目が大きいほうが選ぶことにしましょう」

そう言って、賽子をけいたちに見せた。

「安心してください。賽子は普通のものです。ここ一番の金四郎さんの勝負弱さはよく知っていますから」

けいが金四郎を見つめると、金四郎が目をそらす。どうやら賽子には本当に弱いらしい。

「俺だっていざというときは勝つさ」

言いながら賽子を振ると、二であった。最悪だ。天一は四。賽子にしかけはないようだった。単純に金四郎が弱いだけである。

「では、俺から揚げるぜ」

「おう、天一。お天道様《てんと》に恥ずかしくないのか？」

金四郎が声をかけた。

「ふん。遊び人風情《ふぜい》をはめたって恥ずかしくはねえな」

天一がうそぶく。どうやら、人のいい顔をしてなかなかのタマのようだ。

天一が天ぷらを揚げはじめた。油の中にタネが入るいい音がした。

「いいですね。金さんも役に立ちます」

「いまの、何かの役に立ったの？」

「天一さん、動揺しましたよ」

　彩が言う。

「天一さんは、金さんのことは気にしない気がする」

「ええ。金さんのことは気にしないでしょう。ただ、審判に、不正を働く人間だと思われたくないと思ったに違いないです。そんな微妙なことが影響するんです」

　しかし、天一の手さばきはいかにも慣れたものだった。

「先に食べていただくので、あっしはこれ一品で」

　天一が作ったのはやはり自慢のかき混ぜ揚げ、最近では「かき揚げ」と言われるものだ。不正がないように、こちらにも一枚来る。

「これは食べたほうがいいのかしら？」

「お二人は駄目です。感覚が狂います」

　言いながら、彩が箸を伸ばした。

　一口食べると、深く頷いた。

「衣も金色で見た目もいい。具は芝《しば》海老と、才巻《さいまき》海老。それにアサリ。そして三つ葉ですね。上品にまとめてます」

「美味しい？」

けいは当たり前だと思いつつ、聞いた。

「極上ですね。これなら料亭で出しても立派に通用するでしょう」

それから彩が言った。

「こちらは、四品使って揚げられています。こちらも四品でいいでしょうか？」

「いいだろう」

吉兵衛が答える。

「では」

彩は、このときのためにさまざまな食材を準備してくれていた。相手がなにを出してもいいようにしていたらしい。

けいも、事前に考えていたものがいくつかある。練習通りにすれば、大丈夫だと自分に言い聞かせた。

「大丈夫、勝てます。天一さんは勝負のための料理をしなかったから」

彩が言う。

「これは単に美味しい天ぷらですよ。わたしたちを潰すつもりなら、もっと味の濃い天ぷらを作ったでしょう」

たしかにそうだ。この勝負で一番恐ろしいのは、味の濃い食材でかき揚げを作られることだ。

たとえば鰻《うなぎ》と穴子《あなご》、泥鰌《どじょう》などを使って作られると、あとになにを揚げてもらう味がわからない。

だが、天一はあっさりと海老とアサリで作ってきた。これは、勝負に勝つためではなくて、自分の腕を信じた天ぷらだ。

料理人としての矜持《きょうじ》を守ったともいえる。

「では、俺たちの番だな」

金四郎が言う。

「ところでお伺《うかが》いしたいことがあるのですが」

吉兵衛がそろりと切り出した。

「なんだ？」

「金四郎様は、あの長崎奉行遠山景晋様のご子息とお伺いしましたよ」

やはり来たか、とけいいは思う。最初から金四郎をはめるための策略だったようだ。

「へえ。誰から聞いたんだい？」

金四郎が薄く笑った。それからさっと着物を脱いだ。右肩から背中にかけて、桜吹雪《ふぶき》に包まれた髑髏《どくろ》が現れる。

「あんたらが言ってる奉行の子息っていうのは、こんな桜をしょってるのかな」

金四郎の彫り物は、客たちに衝撃を与えたらしかった。

「あんたは堀田家の娘だって聞きましたぜ」

「その人はこんな模様を入れていますか？」

けいは、素早く片肌を脱いだ。下から現れた絵を見て、吉兵衛が舌打ちをする。

「なんだよ、偽物かよ。まあいい、これだけの別嬪《べっぴん》だ。吉原に売って金にしちまえばいいだけだ」

「それはあなた方が勝ったらでしょう」

彩が静かに言った。

「二人とも、絵を隠しては駄目ですよ。それからこれをつけてください」

彩はけいと金四郎に狐の面を差し出してきた。

「これを頭につけてください。肌もそのままでね」

けいは言う通り、片肌をさらしたままで、さらに面もつけて料理をすることにした。視界を遮《さえぎ》らないように、面は頭の横につける。

「まずはこれをどうぞ。糠漬《ぬかづ》けです」

彩が、全員に糠漬けを出した。

「天ぷらの油で胃がもたれるかもしれません」

彩が配ったのは、山芋とワサビの糠漬けであった。山芋はやや厚めに、ワサビは薄く切ってある。

「ほう。これは美味い。天ぷらのあとにいいですな」

客は、山芋の糠漬けが気に入ったようだ。

天一と素人、という区分で見られると、素人という気持ちでどうしても天ぷらの味が劣るように感じられる。

だから、最初に「なかなかやる」という印象を与える必要があった。

「では、揚げさせていただきます」

けいが言う。

「破格数寄《はかくすき》の皆さまに、夫婦揚げといきましょう」

客の意識が二人に向く。

けいは、まず最初に蕪《かぶ》を揚げることにした。蕪の天ぷらは甘みがあって美味しい。天一が揚げたかき揚げのあとに食べるにはちょうどいい。

ただ、蕪は揚げるのが大変だ。中までじっくり火を通さないといけないからだ。金四郎は、具材によってちょうどいい揚がり具合の音を十数種類は体得している。

「よし!」

金四郎のかけ声とともに、けいが蕪を引き上げた。

軽く油を切って、客に出す。

「ほう、蕪ですか。甘みがあるね」

どうやら好評のようだ。蕪の天ぷらは、ほっくりとして甘みがあって落ち着く。奇をてらうことのない味を印象づけた。

「では、次は鯛《たい》といきましょう」

けいは、鯛の切り身を準備した。いろいろ考えたが、鯛が一番受けがいいのではないかと思われた。

もうひとつ、おそらく鯛の中でもあまり食べたことのない部分を使うことにしてある。

それは鱗《うろこ》であった。

鯛の鱗は美味しい。だが、煮ても焼いても食べられるものではない。ところが油で揚げると、さっくりとして美味しいのだ。

だから、鯛の鱗を取らずに揚げることにしたのである。

「よし！」

金四郎の合図とともに鯛を揚げる。

「どうぞ」

客に出すと、蕪のときとは違って驚いたような表情になった。

「これは鱗かね」

「はい。あまり召し上がったことはないかと思います」

「なかなか面白い」

客同士が顔を見合わせる。かなり興味を持ってくれたようだ。

ここからが本番である。

けいは、ここで粉を替えた。前ふたつは小麦粉であるが、今度は小麦粉に蕎麦《そば》粉を混ぜてある。

そうすると味が力強くなって、味の濃い食材にはちょうどいい。

次にけいが選んだのは鰻だった。鰻は味が濃いから、天ぷらにはあまり向かない。どちらかというと穴子のほうが向いているだろう。

それでも鰻にしたのは、思いきり濃い味のものを出したかったからだ。

「よし！」

金四郎に言われて油から上げる。

「これは砂糖醤油《じょうゆ》でどうぞ」

あえてタレではなくて砂糖醤油を選ぶ。鰻は少々下品に食べたほうが美味しい。上品でなくかぶりつきたい、という気持ちを煽《あお》りたかった。

「これはまた、野卑《やひ》な味ですな」

客たちがざわざわした。しかし、非日常であるなら日常では食べないような味のほうが喜ばれるはずである。

そしていよいよ最後である。

「最後は、卵かけご飯を召し上がっていただきます」

けいが言うと、客の中で一番重鎮と思われる男が声を上げた。

「これは天ぷら勝負だろう。卵かけご飯とはなにかね」

「卵かけご飯の天ぷらです」

けいは胸を張った。

「それはどんなものかな」

客の視線が一斉にけいに向く。

「召し上がっていただかないとわかりません」

けいは笑ってみせた。

天ぷらは、他の料理とはまるで違う。屋台の駄物《だもの》であるのは間違いない。ただ、もし客の目の前で揚げることが可能なら、まるで違う様相《ようそう》を呈する。

料理は奥で作って客に運ぶものという考え自体が変わるのである。いまこの部屋には、狐に扮《ふん》したけいと金四郎。そして二人の桜と梅が舞っている。

つまり、この部屋は能楽の舞台を再現しているようなものなのだ。

これまでは料理を「舞台」と決めて客に楽しんでもらうという考えはなかった。

料理人の作る料理そのものと、客の勝負である。料理人を役者に見立てるという気持ちも誰にもなかった。

だから、会話しながら揚げるということもない。

しかし、興味を引かれるものを食べたいと思うのは人情だ。会話や雰囲気も味のうちといってもいいだろう。

「早く食べさせておくれ」

客たちは、どうにも我慢ができないようだ。

まだ誰も食べたことがない料理というのは、通人《つうじん》にはたまらない。なんといっても自慢できるからだ。

そのうえ、味というのはどう説明しても伝わらない。体験することだけが唯一伝わる方法なのである。

けいは、おたまを準備すると、その中に米粉を入れた。さらに醬油をかける。そうしておいて、米粉の上に卵を落として、その上からも米粉をかける。

客は、けいの指先ひとつの動きにまで注目していた。まさに能や歌舞伎《かぶき》の花形になったような気分である。

油にその卵を入れる。しゅわしゅわという音とともに卵を小さな気泡《きほう》が包む。

「よし！」

金四郎の掛け声とともに卵が揚がった。

同時に、ぽん、と鼓《つづみ》の音がした。

彩が鼓を叩《たた》いている。

客がざわりとした。

行燈《あんどん》の光の中で、桜と梅が浮き上がっている。一対の花は、その空間を能や歌舞伎の世界のように見せる働きがある。

「ほお」

客たちからため息が漏《も》れる。

「これは美しいな」

「料理は目でも耳でも楽しむもの。料理人の夫婦揚げ、いかがですか」

客はすっかり感心したようだった。

「すごいね。料理もだが、まるで芝居を見ているようだ」

「敵討裏見葛葉《かたきうちうらみくずのは》といったところでしょうか」

口々に意見を言う。

最近人気の曲亭馬琴《きょくていばきん》の読本を読んでいる客もいるようだ。狐と桜が連想させたのに違いない。

「どうぞ」

けいが全員に出すと、客は一斉に口に入れた。

「熱いな」

「だが美味い」

「これは初めての味ですな」

客がとろけたような表情になる。

「では、判定に」

彩が言った。

「いや、いらねえよ。俺の負けだ」

天一が両手を挙げた。

「まったく俺が勝つ部分がねえな」

「自分で認めるんですか？」

「ああ。俺は美味い天ぷらを揚げれば、それで終わりだと思っていた。客の前で料理をする意味なんて考えたこともなかった。天ぷらの味では負けたとは思わないが、客を楽しませるという意味では俺の負けだ」

天一がため息をついた。

「それによ、この部屋はまるで能楽堂のようじゃねえか。部屋を舞台に仕立てて勝負するなんて思ったこともねえ」

天一は、吉兵衛のほうを見た。

「すまねえ。期待に応えられなかった」

吉兵衛は残念そうな顔をしたが、首を横に振った。

「いや。あんたの腕に惚れたのはわたしだからね。悪いことはないよ」

「待ってください。どういうことですか？」

けいの問いに吉兵衛が答える。

「天ぷらというのは知られていないか、駄物としか思われない食べ物ですから。有名な方々に食べていただけないのです。それを超えるために料理勝負が必要だったのです。といっても、そもそも勝負できる料理人もいない」

「そこで俺を相手に仕立てたってわけか」

「長崎奉行の息子なら、うってつけだと思ったんですよ。間違いでしたけどね」

「だが、それにしたってあこぎじゃねえか？」

「必死になっていただきたかったからです」

たしかに、必死になったからこそうまくいったともいえる。顧客になって欲しい通人を集めて名前を挙げれば、天一の助けになる。

「それに、お二人を水茶屋にでも出せば、繁盛間違いなしです」

どうやら、吉兵衛はけいたちも狙《ねら》っていたらしい。

「まあ、美人だからな」

金四郎が言う。

「それは間違いないです」

金四郎の言葉に吉兵衛も深く頷いた。

「でも、こうなることを知っていたの？　彩、すごいわ」

「天一さんが出てきて料理勝負になるとは思いませんでした」

彩がため息をつく。

「危なかったです」

「では、なぜこんな準備をしていたの」

「わたしは、料理と能が組み合わせられるものなのかを考えていたのです。座敷料理では、料理人を役者に見立てる方法があるのかもしれないと。まさかこのような形になるとは思いませんでしたよ」

「でも素晴らしい。お嬢さん、料理人を役者に見立てるという手法はいただいても構わないかい」

「どうぞ。料理はやはり食べるほうがいいです」

彩はあっさりと言った。

吉兵衛の言葉に、金四郎はにやりとした。

「ところで、賭けた金は当然、俺のものだろうな」

終章

「つまり、この男は最低ということですね」

彩が断言した。

「最低はねえだろう」

金四郎が文句を言った。

「最低だから最低です。今回たまたま勝ったからいいようなものの、お嬢様を質《しち》草《ぐさ》に入れたようなものではないですか。最低のヒモ野郎とは、まさにあなたのことです」

「俺だって活躍したろう」

「わたしとお嬢様の二人が活躍して勝ったのです。あなたは背景の桜でしょう」

背景、と言われて金四郎が渋面《じゅうめん》を作った。

それが面白くて、けいは思わず笑ってしまう。

「といっても、まるで役に立たなかったわけではないですからね。最低なヒモ野郎にしては少々頑張りましたね。褒《ほ》めてあげます」

「はいはい、ありがとうよ」

彩がさらになにか言うのを、けいが止める。

「待って。彩」

「なんでしょう。なにかかける言葉がありますか？」

「金さんを褒めるのはわたくしがやりたいの」

なんとなく、彩に妬《や》けてしまうのは自分の人間が小さいせいだ。人間としてはなんとなく彩に負けている気がするから、もしかして金四郎には彩のほうが似合っているかもしれないと思う。

「お嬢様がお言葉をかけてくれるそうですよ。来世まで噛《か》みしめて生きなさい」

金四郎は、彩の言葉に感心したように腕を組んだ。

「すごいな、お前さん。よくそれだけ人をののしれるな」

「彩はののしったりはしないです」

けいが反論した。

「じゃあ、なんだってんだ」

「冷静なだけなんです」

「つまり、俺は冷静に見ると最低のヒモ野郎で、世の中のためになっていない駄目男だってことか」

金四郎が文句たらたらという顔になった。

「お前はそんな男のところでなにをしようってんだよ、おけい」

けいは、むくれる金四郎の前に立って、まっすぐに目を見た。

「問題ありませんよ」

「なんでだ」

「だって、わたくしは遊び人の妻ですから」

金四郎の妻ですが2

一〇〇字書評

切り取り線

購買動機（新聞、雑誌名を記入するか、あるいは○をつけてください）	
□（　　　　　　　　　　）の広告を見て	
□（　　　　　　　　　　）の書評を見て	
□ 知人のすすめで	□ タイトルに惹かれて
□ カバーが良かったから	□ 内容が面白そうだから
□ 好きな作家だから	□ 好きな分野の本だから

・最近、最も感銘を受けた作品名をお書き下さい

・あなたのお好きな作家名をお書き下さい

・その他、ご要望がありましたらお書き下さい

住所	〒				
氏名		職業		年齢	
Eメール	※携帯には配信できません		新刊情報等のメール配信を 希望する・しない		

この本の感想を、編集部までお寄せいただけたらありがたく存じます。今後の企画の参考にさせていただきます。Eメールでも結構です。

いただいた「一〇〇字書評」は、新聞・雑誌等に紹介させていただくことがあります。その場合はお礼として特製図書カードを差し上げます。

前ページの原稿用紙に書評をお書きの上、切り取り、左記までお送り下さい。宛先の住所は不要です。

なお、ご記入いただいたお名前、ご住所等は、書評紹介の事前了解、謝礼のお届けのためだけに利用し、そのほかの目的のために利用することはありません。

〒一〇一－八七〇一
祥伝社文庫編集長　坂口芳和
電話　〇三（三二六五）二〇八〇

祥伝社ホームページの「ブックレビュー」からも、書き込めます。

www.shodensha.co.jp/bookreview

祥伝社文庫

金四郎《きんしろう》の妻《つま》ですが2

令和 2 年 1 月 25 日　初版第 1 刷発行
令和 3 年 6 月 10 日　　　第 4 刷発行

著　者　神楽坂 淳《かぐらざかあつし》

発行者　辻　浩明

発行所　祥伝社《しょうでんしゃ》
東京都千代田区神田神保町 3-3
〒101-8701
電話　03（3265）2081（販売部）
電話　03（3265）2080（編集部）
電話　03（3265）3622（業務部）
www.shodensha.co.jp
印刷所　堀内印刷
製本所　ナショナル製本
カバーフォーマットデザイン　中原達治

本書の無断複写は著作権法上での例外を除き禁じられています。また、代行業者など購入者以外の第三者による電子データ化及び電子書籍化は、たとえ個人や家庭内での利用でも著作権法違反です。
造本には十分注意しておりますが、万一、落丁・乱丁などの不良品がありましたら、「業務部」あてにお送り下さい。送料小社負担にてお取り替えいたします。ただし、古書店で購入されたものについてはお取り替え出来ません。

Printed in Japan ©2020, Atsushi Kagurazaka ISBN978-4-396-34588-4 C0193

祥伝社文庫の好評既刊

あさのあつこ
かわうそ　お江戸恋語り。

〈川獺《かわうそ》〉と名乗る男に出逢い恋に落ちたお八重《やえ》。その瞬間《とき》から人生が一変。謎が、死が、災厄が忍び寄ってきた……。

あさのあつこ
天を灼《や》く

父は切腹、過酷な運命を背負った武士の子は、何を知り、いかなる生を選ぶのか。青春時代小説シリーズ第一弾！

あさのあつこ
地に滾《たぎ》る

藩政刷新を願い、追手の囮となるため脱藩した伊吹藤士郎。異母兄と共に江戸を目指すが……。シリーズ第二弾！

あさのあつこ
人を乞《こ》う

政の光と影に翻弄された天羽藩上士の子・伊吹藤士郎と異母兄・柘植左京。父の死を乗り越えふたりが選んだ道とは。

西條奈加
御《おん》師《し》弥《や》五《ご》郎《ろう》　お伊勢参り道中記

無頼の御師が誘う旅は、笑いあり涙あり、謎もあり――騒動ばかりの東海道をゆく、痛快時代ロードノベル誕生。

西條奈加
六《りっ》花《か》落《ふる》々《ふる》

「雪の形を見てみたい」自然の不思議に魅入られて、幕末の動乱と政に翻弄された古河藩下士・尚七の物語。

祥伝社文庫の好評既刊

西條奈加　銀杏手《ぎんなん》ならい

手習所『銀杏堂』に集う筆子とともに成長していく日々。新米女師匠・萌の奮闘を描く、時代人情小説の傑作。

葉室　麟　蜩ノ記　ひぐらしのき

命を区切られたとき、人は何を思い、いかに生きるのか？　大ヒットし数多くの映画賞を受賞した同名映画原作。

葉室　麟　潮鳴り　しおなり

『蜩ノ記』に続く、豊後《ぶんご》・羽《う》根《ね》藩シリーズ第二弾。〝襤《ぼ》褸《ろ》蔵《ぞう》〟と呼ばれるまでに堕ちた男の不屈の生き様。

葉室　麟　春雷　しゅんらい

「〝鬼〟の生きざまを通して〝正義〟を問う快作」作家・澤田瞳子。日本人の凜たる姿を示す羽根藩シリーズ第三弾。

葉室　麟　秋霜　しゅうそう

「厳しい現実に垂らされた〝救いの糸〟のような物語」作家・安部龍太郎。感涙の羽根藩シリーズ第四弾！

葉室　麟　草笛物語

〈蜩ノ記〉を遺した戸田秋谷の死から十六年。蒼天に、志燃ゆ。泣き虫と揶揄される少年は、友と出会い、天命を知る。

大人気！訳あり夫婦未満の捕物帳

「金四郎の妻ですが」シリーズ

奥様は大身旗本の一人娘。
旦那様は博打打ちの遊び人。
普通でない二人は、普通でない出会い方をし、
普通ではない結婚をすることに……?!

もうひとつ普通と違っていたのは、
旦那様は
遠山金四郎だったのです。

第1巻

第2巻

第3巻